寒溪文化丛书

西山采灵芝

刘敬堂 著

长江出版传媒
湖北人民出版社

图书在版编目(CIP)数据

西山采灵芝/刘敬堂著.
武汉:湖北人民出版社,2015.10
(寒溪文化丛书)
ISBN 978-7-216-08732-2

Ⅰ.西… Ⅱ.刘… Ⅲ.随笔—作品集—中国—当代 Ⅳ.I267.1
中国版本图书馆 CIP 数据核字(2015)第 237369 号

出 品 人:姚德海
责任部门:高等教育分社
策划编辑:靳 强 陈晓东
责任编辑:刘天闻
封面设计:刘舒扬
责任校对:范承勇
责任印制:谢 清
法律顾问:王在刚

出版发行:湖北人民出版社	地址:武汉市雄楚大道 268 号
印刷:武汉市福成启铭彩色印刷包装有限公司	邮编:430070
开本:787 毫米×1092 毫米 1/16	印张:14
字数:167 千字	插页:2
版次:2015 年 10 月第 1 版	印次:2015 年 10 月第 1 次印刷
书号:ISBN 978-7-216-08732-2	定价:28.00 元

本社网址:http://www.hbpp.com.cn
本社旗舰店:http://hbrmcbs.tmall.com
读者服务部电话:027-87679656
投诉举报电话:027-87679757
(图书如出现印装质量问题,由本社负责调换)

目录 CONTENTS

◆ **第一辑 寒溪漱玉**

春满鄂城 ………………………………………（ 3 ）
松入风 …………………………………………（ 5 ）
江南古桥 ………………………………………（ 10 ）
猗猗之兰 ………………………………………（ 13 ）
种荷小记 ………………………………………（ 17 ）
松风遗韵 ………………………………………（ 19 ）
荷莲三章 ………………………………………（ 25 ）
夜泊三山湖 ……………………………………（ 39 ）
芳草知音 ………………………………………（ 42 ）
老墙 ……………………………………………（ 45 ）
我食武昌鱼 ……………………………………（ 48 ）
扬子寻白鹭 ……………………………………（ 53 ）
庾楼断想 ………………………………………（ 58 ）
隐秘的古剑 ……………………………………（ 62 ）

苏轼的追星族 …………………………………………（71）
寻找望夫石 …………………………………………（74）
一幅古画
　　——鄂城东门塔印象 ………………………（77）
天下第一伤心人 ……………………………………（79）
走进乌衣巷 …………………………………………（84）

◆ 第二辑　行旅拾遗

马嵬与红颜 …………………………………………（89）
子何不去 ……………………………………………（93）
敬仰施全 ……………………………………………（96）
苏轼与牡丹 …………………………………………（99）
遗憾儋州 ……………………………………………（102）
柳泉·法术·绛雪 …………………………………（109）
颍州西湖遗韵 ………………………………………（117）
十笏园看竹 …………………………………………（120）
冼夫人 ………………………………………………（123）
后庭花和胭脂井 ……………………………………（126）
绿珠化泪珠 …………………………………………（128）
五台月 ………………………………………………（131）
阙里行 ………………………………………………（134）
连理树 ………………………………………………（137）
古吹台下逢知音 ……………………………………（140）
枫桥听钟 ……………………………………………（143）
李白的那轮月亮 ……………………………………（145）
漱玉泉的灵气 ………………………………………（148）
永远的"定远"号 ……………………………………（152）
魂归来兮 ……………………………………………（155）

烛台华表	(158)
鲁壁	(169)
我的普希金情结	(172)

◆ 第三辑 书可养心

读书杂谈	(177)
唐诗中的唐史	(180)
一捧烈山土	(184)
是谁诬陷了李白?	(187)
读史五公祠	(190)
乾隆御诗及其他	(194)
寻找芭蕉院	(196)
包公墓中的缺失	(201)
李白与晁衡	(204)
琅琊读史	(207)
鉴湖情思	(213)

第一辑　寒溪漱玉

春满鄂城

从武汉乘船顺江东下，约三小时便到依山临水的江南古镇鄂城，这就是著名的武昌鱼，又名樊口鳊鱼的产地。鄂城古名武昌，从三国时代孙权在此建都起至今已有一千七百多年的历史。解放以来，鄂城人民鼓足干劲，奋发图强，大力发展工农业生产，使这座古镇揭开了新的一页。

阳春三月，登临西山，鄂城景色尽收眼底。

放眼西望，处处生机勃勃。横贯樊口湖区的九十里长港犹如玉带，一百多座电力排灌站林立两岸，一望无际的绿色麦田里镶着一块块金黄色的油菜田，仿佛色彩鲜艳的锦毯。谁会想到，这里就是昔日的烂泥窝芦州畈。当地曾流传过这样一首歌谣：芦洲畈，大肚汉，十年九不收，发水就讨饭，百里不见人，锅台宿大雁。在剥削阶级的统治下，人们做了大自然的奴隶。在人民当家做主的新中国，樊口人民依靠集体的力量，改造了原有的水系，大自然变成了人们的奴隶。他们在西山脚下，建起了一座能灌能排的大型水闸，利用江水控制梁子湖的水位，天旱时江水灌湖，水大时湖水进江，扩大了十七万亩旱涝保收田，粮食亩产量由原来的三百多斤提高到九百多斤。他们还充分利用水源条件，发展多种经营，深湖养鱼，浅水植藕。畅销市场的杨林湖白莲，就是东沟人民公社培育出来的。

极目北望，岗陵起伏，用洁白的大理石组成的"开发矿业"

四个大字,醒目地镶嵌在山腰的石壁上。这里,炮声隆隆,正在大打矿山之仗。这个县的各级党组织,为了大力支援农业,根据本县的地下资源情况,发动群众办起了十二个小矿山。不但满足了本县的需要,还为国家大中型钢铁企业提供了近百万吨优质矿石。大洪山铁矿在办矿初期,一百多名贫下中农怀着"开发矿业"的雄心壮志,扛着工具,背着行李和粮食,在一片荒山野岭中安营扎寨,打响了夺矿的战斗。六年来,他们坚持走自力更生的道路,由办矿初期的两把大锤和三根钢钎,发展到拥有汽车、柴油机、压风机等设备,年产铁矿石八万吨。

西山东麓,长江之滨,只见一排排厂房,鳞次栉比;一座座高炉,昂然矗立;汽车、火车往来如梭,一片繁忙景象。这里就是新兴的鄂城工业区。县委根据"以农业为基础、工业为主导"的方针,因地制宜兴办了钢铁、炼铜、化肥、农药、水泥、橡胶、塑料、机械等二十多个小型地方工业,拥有几百台机床设备,生产了大批电动机、水泵、脱粒机、变压器、粉碎机等农业机械。

地方工业的发展,加速了农业机械化的步伐。全县已拥有各种农业机械设备一万多台,输电线路两千多公里,脱粒、灌溉、轧花、米面加工,基本上实现了机械化。旱涝保收面积占全县耕地面积的百分之八十五。一九七二年虽遇百日大旱,粮食亩产仍然超过《纲要》。

西山南面,是洋澜湖,湖畔的学校、医院、职工宿舍,掩映在杨柳丛中,显示出城市建设日新月异,人民生活水平逐年提高。三国时的吴王避暑宫遗址,已成了劳动人民的娱乐场所。每逢节假日,一批批工人、贫下中农和居民、干部便来这里游览、休息、学习。九曲亭下,笑语喧天,洗墨池旁,歌声不绝。

（此文于1973年5月24日在《人民日报》发表,并随后三年入选湖北省中学《语文》课本）

松 入 风

徐迟和西山有缘。其缘似在风雨。

数十年来。他曾多次到过西山，大约都遇过风雨。鄂州的友人曾请他为西山写一篇文章，为此，他风尘仆仆地由武汉赶到鄂州，当天即登西山，寻词觅句。谁知风雨骤至，只好避于亭中。此文已在《人民日报》发表，题为《鄂州西山记》。文中论及古今，纵横中外，却仅八百六十言，可谓精矣。

金秋十月，天高气爽。他又来了。此番是与湖北省作协党组书记洪洋夫妇结伴同来的，他想看看西山的秋山、秋水、秋菊，还想夜登松风阁，看看秋月。谁知缘分难违，又是风雨迎故人。

作为东道主，我们在半路上接到了他们。天初阴，将雨未雨。但当到了西山脚下时，已落毛毛雨了。

我们缓缓而行，边走边谈。徐迟的心境颇佳。他问及他所熟悉的人和事，还特意询问过二十六年前蹲点时住过的垮子的变化。当年，他曾和洪洋一道，在梁子湖畔体验生活、采访、写作，也常常是风里来雨里去的。当年，徐迟尚不到不惑之年，有一种书生的潇洒；洪洋倒像一位山东大汉，有一种军人的气度。记得我和一位省报副刊编辑去看他们时，也是个有风有雨的天气。他们刚刚送走前来约稿的茹志鹃，二人正在房内对着一盆炭火对酌。如今，他已是七十五岁高龄的人了，还有这浓的游兴？我总觉得他是来寻觅什么的，是一个梦境？一首诗的灵感？还是回味人生旅途上所经历的风雨？

在萃景园里，我们一边品尝东坡饼，一边喝茶。他告诉我们说，他正在撰写回忆录，建国前的那一部分已经脱稿，下个月即可发表。还兴奋地说，他如今写作，不再像过去那样一笔一划的在稿纸上跋涉了，借助于现代技术，电脑代替了笔，速度快。易修改，且操作方便。说着，竟笑起来了，笑得很开心。

"我还是半个鄂州人呢。"他突然冒出这么一句话，令我迷惑不解。

原来，他的祖籍在浙江吴兴县，祖父曾在鄂州当过地方官，父亲在这里的一家当铺里干过事。也许是书香门第固有的传统吧，他们都在鄂州写过诗，诗中还提到过金牛、观音阁、南楼、古灵泉寺、避暑宫、试剑石、吴王城等地名。他收藏着这些诗稿。

徐迟是在三十年代中期从事翻译和写作的。开始是写诗和散文，著有《二十岁人》、《最强者》等诗集，还有《美文集》、《狂欢之夜》等散文集和小说集，同时还有不少译著。解放后又出版了《我们这时代的人》、《庆功宴》、《战争、和平、进步》、《共和国的歌》、《美丽·神奇·丰富》等多种文集。由于他跨越了新旧两个时代，且性格开朗，喜游好动，见闻广博，加之对民族文化和西方文化的研究（当然也涉猎现代科学），所以，在文学创作上，有较深的造诣。近十几年来，又先后发表了《哥德巴赫猜想》、《地质之光》、《生命之树常绿》、《在湍流的漩涡中》、《石油头》、《刑天舞干戚》等报告文学，在国内外都产生了较大影响。

他急于想去松风阁看看，但窗外的风雨未停。他却不以为然，诙谐的说道，也好，风雨中的松风阁更有一番情趣。我们似受了他情绪的感染，于是，稍事休息后便上路了。

先爬上电视台的铁塔，饱览了风雨中的市区风光之后，又冒雨来到建在半山腰上的松风阁。

在阁的一楼大厅中央，刻有黄庭坚的《松风阁》诗。黄是苏门四学士之一，又是江西诗派的领袖，其创作诗多于词，在文学史上占有一定地位。但由于他主张"无一言无来处"，且过分注重技巧，故其作品不免晦涩和典故过多。而他的书法艺术却更为当时和后人所称道，是宋代四大书法家之一。当年，他曾夜宿松风阁，听松涛而成韵，写出了名蜚天下的《松风阁》诗，并亲笔书写在砑花布纹纸上，是书法宝库中的珍品。日本出版的《支那墨迹大成》的第二卷首页上，影印了这件作品。记得一九六五年秋，陈毅元帅到西山时，边走边吟此诗，竟能一口气咏毕。右侧有洪洋撰写的《西山新记》，系书法家曹立庵所书；左侧是画家唐文宣的一幅梅花。

徐迟的《鄂州西山记》留在二楼大厅的中央，是书法家陈经义书写的。他从头至尾读了一遍，站立良久，才又缓缓踱到走廊上远眺。山上，白云渐生，远处的楼宇隐约可见。半城秋水半城花，烟雨暗千家。吴王古都城，在风雨中确有另一种韵味。

不知松风阁的命名是否与唐人刘长卿的五绝《听弹琴》有关，或者与那首古曲《松入风》有关，我总觉得和自然规律有些相悖。松入风，是静受于动；风入松，则以动态加入静体，才能观风撼松林之势，闻松涛不绝之声。有动有静，有主有次，回味无穷。"泠泠七弦上，静听松风寒。古调虽自爱，今人多不弹。"管它悖与不悖，反正古曲《松入风》已成绝唱，世人早已认可，何必再去追根求源呢。

阁的四周尽是松树，可惜，树龄都不大。徐迟和洪洋却极力赞扬，言此处有黄山之势，庐山之态，数年之后，必然古木参天。每当风起，松涛如潮，此阁便可名副其实了。

天将暮，风雨更甚。我们在客室中小憩，品茗赏菊，但见几盆菊花擎蕾未绽，在山风中微微摇曳着，似在向客人表达着歉意。

话题自然离不开文学。他谈了自己长期从事诗歌创作和编辑《诗刊》的一些体会。写诗，首先要从我国古典文学遗产中吸取养分，并跟上时代潮流，再加上个人的气质和努力，才能写出上乘的诗作。至于报告文学的创作，他承认难写，写知识分子尤其知名度高的知识分子更难，而写目前尚在的知识分子则难上加难了。此中的苦衷，无需细讲，便可理解。不过，我更喜欢他的《祁连山下》。据他介绍，那是一九五六年写的，发表在一九六二年的《人民文学》上。这篇作品的发表奠定了他在报告文学创作上的地位。《祁连山下》描写的常书鸿，是一位受人敬佩的敦煌艺术家和美术史家。徐迟在这篇作品中，以气势磅礴的笔力，绚烂多彩的文字，再现了常书鸿经历了怎样的波折和打击，义无反顾的向艺术的顶峰攀登的故事。尤其写到主人公事业的艰辛，生活上的流迁，由巴黎到桂林，又由桂林转重庆去敦煌的过程，似一幅生活的长画卷；当写到常书鸿虔诚地站在《萨垂那太子舍身饲虎图》前深思时，他的雕塑家妻子却像石壁上的"飞天"一样，悄悄地飞走了。主人公不顾心上还在淌着鲜血，毅然舍身于敦煌艺术了。读到此，令人感动不已。

也许与他写诗和倡导诗歌朗诵有关（抗战初期他和光未然及一些音乐家、戏剧工作者一道，在重庆举办过诗歌朗诵会，还组织了诗歌朗诵队），他在创作上对语言的运用很有特色，如吸收古代散文、骈文和辞赋的词句；对外国语言的文法和句子结构的使用等，都恰到好处，所以，写的声调明快，朗朗上口，既有对称之美，又有对比之效。

我约徐迟和洪洋为我们的刊物写篇文章。当他听说我曾在北海舰队工作过时，他指了指洪洋，幽默地说，他是南海舰队的，今天，两个舰队在这里碰头了。

下山时，市区正是万家灯火，但风雨未歇。

夜宿南浦园。

江 南 古 桥

　　江南多古桥。由于地理环境不同，北方和江南的古桥也不尽相同。北方的古桥大气、壮观，有一种阳刚之美，似能听到金戈铁马之声和壮士们的慷慨悲歌。卢沟桥上的那些石狮子的身上，仍残留着当年的烽火硝烟；赵州桥上的深深凹槽，记载着漫长岁月的印痕；西安城外灞桥桥头的垂柳，至今还记得李白、杜甫和贺知章们折柳话别的咏唱……

　　江南的古桥，不但众多，而且各具风韵。它们婀娜多姿，玲珑委婉，像仪态万千的江南女儿，丽而不娇，俏而不俗。每逢看到江南的古桥，总会有一种似曾相识之感，是在路途上与它们擦肩而过？还是在唐诗宋词元曲中邂逅？由于客居江南多年，便对江南的古桥有了一种难以割舍的心结。所以，每逢出行，若遇到古桥，总会在桥上流连一阵子。

　　江南多雨，湖泊众多，水网纵横，连接彼岸的古桥便应运而生了。白居易任苏州刺史时，说那里是"绿浪东西南北水，红栏三百九十桥"，可见那里的古桥之多了！今天，在周庄、南浔、西塘、乌镇等古镇里，到处都能看到大小不等、造型各异的单孔或多孔的古桥。我曾在绍兴住了些日子，惊叹那里的古桥之多之美。由于城里河道众多，舟船成了居家过日子必不可少的代步工具，也载来了生活物品。河多桥便多，全城竟有上百座古桥！望着桥下往返如梭的船只，始信"三步两桥寻常见，舟楫代步船当车",不虚!

当我踏上长长的二十四桥之后,望着桥下的一泓秋水,心中不禁怀疑脚下的青石板,是不是杜牧当年踏过,才写出了"二十四桥明月夜,玉人何处教吹箫"?

有些古桥看上去平淡无奇,但却留下了优美的故事。绍兴有座"题扇桥"。当年,一位在桥头出售纸扇的老婆婆,一面流泪一面叹息。原来,这些纸扇都是她亲手制作的,虽然做工精细,无奈秋风乍起,天气转凉,故而无人问津。路过的王羲之听了之后,便找来笔墨,在扇面上题写了诗句。消息传开后,纸扇被人抢购一空,后来者为了得到一扇,竟以十倍之价向人求买。于是,此桥便有了此名。

西湖苏堤上的断桥,据说是许仙和白素贞相会的地方,"断桥残雪"便成了杭州的十景之一;苏小小和阮郁曾在"西泠桥"上演绎了一个凄美的传说;陆游和唐婉分别时,四目相望,二人的泪珠便洒在"春波桥"上了。

有些古桥,虽未与历史名人沾上边,但它们的名字却能引起无穷遐想,如飞虹桥、卧龙桥、映月桥,等等。因它们连通了村镇井肆,造福于人,被人称道。一个地方只要有了桥,便有了灵秀之气,"小桥流水人家"的意境,用不着去刻意渲染,就是一轴水墨丹青,一种耐人品味的诗境。

为了体验《枫桥夜泊》的感受,我曾在寒山寺山门外的枫桥上逗留了多时,虽然身边就是寒山古寺,却不是夜半,桥下也没有舟船,更没有渔火了,心中不免有些许的惆怅。于是便去了寺中,向僧人交过费后,用尽力气敲响了几声寺钟,以了却一种心愿。当悠扬的钟声在天际间渐远渐弱时,我似乎听到了"姑苏城外寒山寺,夜半钟声到客船"的隽永余音了。

最令我难忘的,是南京的朱雀桥。这座古桥桥北的夫子庙,是人们拜谒孔子的殿堂,弥漫着浓浓的文气,桥南就是乌衣巷。

因当年吴大帝孙权在那里设营,将士们皆着乌衣,故称乌衣巷。东晋显赫一时的王导、谢安两大氏族在此居住,曾走出了不少将相才俊,创下了怎样的一番事业!一座小小的朱雀桥,将东岸的江南贡院和西岸的秦淮人家连在了一起。贡院里的莘莘学子为了功名在苦苦煎熬,秦淮人家的佳丽们正临窗照影、洞箫横吹……如今,桥上天天游人如织,桥下画舫如过江之鲫,我真担心这座古桥能否承受超负荷之重?太多的游船会不会堵塞窄窄的秦淮河?我好不容易挤出了人群,终于在乌衣巷的墙头上找到了刘禹锡的那首《乌衣巷》:

朱雀桥边野草花,乌衣巷口夕阳斜。
旧时王谢堂前燕,飞入寻常百姓家。

如今古桥犹在,在桥头上飞舞的燕子犹在,只是不知道它们的呢喃,是不是当年的声调?

江南的古桥,不但是一道风景,更是一种文化。

猗 猗 之 兰

　　立冬后，寒气渐重，有碎雪飘落，我便将阳台上的一盆蕙兰端到了案头。在台灯的光影里，它碧绿的叶子被镀上了一抹橘黄，透出一种天生的优雅之气。

　　也许是一种巧合，我正在读一位女作家的长篇小说《空谷佳人》，书是一位文友送我的。读书倦了，我静静地端详着飘逸的兰叶，一些关于兰的记忆碎片，便断断续续地聚拢起来。

　　国人爱兰，岁月已久。春秋时，兰已走进《孔子家语》："与善人居，如入芝兰之室，久而不闻其香，即与之化矣。"还说，"夫兰当为王者香"。越王勾践被吴王夫差打败后，在会稽山下种植兰草，卧薪尝胆；屈原更钟情于兰，他在《离骚》中有"时暧暧其将罢兮，结幽兰而延伫"；在《九歌》中有"秋兰兮青青，绿叶兮紫茎"；汉代的《说苑》中有"十步之内，必有香草"；晋代的王羲之在兰渚山下修筑兰亭，他书写的《兰亭集序》已成为中国艺术的绝世之作，37首诗中就有两首是歌咏兰的。

　　自此以后，兰便成了陈子昂、李白、刘禹锡、温庭筠、梅尧臣、杜牧、王安石们的知己，也是陆游、范成大、苏轼、苏辙、杨万里、朱熹、文徵明、郑燮们等心中的空谷佳人。这在他们的诗中都能找到佐证。

　　我第一次种兰，是在读了邓拓的一首《咏兰》之后：

13

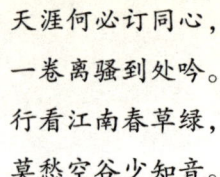

> 天涯何必订同心，
> 一卷离骚到处吟。
> 行看江南春草绿，
> 莫愁空谷少知音。

那是我到江南的第一个冬季，见有人挑着担子在街头卖兰，我便买了一兜，植入了盆中。刚过上元节，见花箭上已绽开了一串兰花，娇艳嫩黄，香气四溢，其香远甚过其他花卉或人工香料。这大约是世人所称兰花为香祖、国香、第一香的来历。自此，便与兰结缘。

兰花虽香气独特浓郁，但清洌而不浊、醇正而幽远。一枝在室，满屋飘香，所以才有人说："牡丹为花之王，真王也；兰为王者之香，有其德而无其位，素王也。"

兰用它的"禀天地之纯情"酿造的香气，征服了它的崇拜者，黄庭坚在《书幽芳亭记》中说："士之才德盖一国，则曰国士；女之色盖一国，则曰国色；兰之香盖一国，则曰国香。"他还将兰比拟为君子："生于深山薄丛之中，不为无人而不芳，雪霜凌厉而见杀，来岁不改其性也。"画家兼诗人的郑燮，尤善画兰，他曾在一幅画上题过一首诗：

> 知君本是素心人，
> 画得幽兰为写真。
> 他日江南投老去，
> 竹篱茅舍是芳邻。

由于他爱兰、画兰、咏兰，以兰为诤友，兰也激发了他的创作灵感，成就了他的艺术造诣。

有一年，我去拜访一位终身画兰的老者。一走进他宽敞的庭院，见院子里、花架上、窗台上、尽是各种兰花。在他的画室里，挂着一幅李苦禅的《兰花》，上面还题了百余字的文字，大意是说，他自己从来没有画过兰花，此画是他特意为老者所作，而花茎的画法还是老者教授给他的。原来他们二人是至交。当年，老者蒙冤在农村放牛时，李苦禅也受到冲击，在中央美院看守大门。当老者生活陷入困境时，李苦禅每月从微薄的生活费中省出三十元接济他，二人属君子之谊。

我曾问他为何常年画兰，他说他故去的夫人名字中有一个兰字，故而终身画兰，以明心志。为了寻找他心目中的一种素心兰，他曾走遍了大江南北，最后却抱憾而归。于是，便在丹青中继续寻找他的知音，这种君子的贞操，很令人感动。他还为我画了一幅墨兰，并题写了一句诗："寻遍千里大别山，为求人间素心兰。"去年我再去拜访他时，邻人说，他已作古。庭院里那些兰花也不见了踪影。我想它们大约是去了某个山谷，正陪伴着他在夕阳下画素心兰呢。

中国的兰科植物有上千种，古人所称的兰，是指蕙兰、建兰、寒兰、墨兰等品种。它们在《群芳谱》中各有芳名，如笑王、西子、樱姬、天缘、白扇、灿月、洛仙、蓬莱山、仰天笑、天仙姬、十八学士、青花春剑、十三太保、雪下美人等，这些花名高雅、含蓄、贴切，像一首首精美绝伦的诗词，给人留下了丰富的想象空间。仿佛看到这些名字，就像看到一群如梦似幻的精灵，从远方向你姗姗走来，让你萌生出走近它们、认识它们、呵护它们的念头。

赏兰是一种境界。每当岁寒时，我就期待兰箭的出现。看到兰箭冒出了土层，就会有一种莫名的激动。当花苞依次绽放时，便有一种无法抗拒的香味袭来，这是兰花对养兰人的馈赠。当兰花渐渐老去，花萼从箭秆上悄然脱落时，心中便会有一种无端的惆怅。

　　古人赞兰说："竹有节而吝花，梅有花而吝叶，松有叶而吝香，唯有兰独并有之。"在一年之中，兰的花期不足一月，而兰叶却终年厮守，它们参差错落，俯仰自如，高昂低回，顾盼多姿，有的轻盈舒展、临风摇曳；有的俊秀挺拔、刚中藏柔，其态其势，婀娜飘逸，别有一番风情，这大约就是人们所说的"观叶甚观花"。

　　窗外，月色朦胧，我望着灯影下的蕙兰，蕙兰也在望着我，皆默默无言。我想告诉它，世人赏兰，多看重其花，我赏兰，则重在其叶。

种 荷 小 记

平素爱荷。每每见到荷,不论是湖滨之荷、池塘之荷、野湖之荷,还是暮春之荷、仲夏之荷、寒秋之荷,抑或是有叶无花之荷、花艳如胭之荷、梗孤叶枯之荷,皆爱之,怜之。

客居江南五十余载,年年与荷不期而遇。但那里的荷都是别人家的,并不属于我,只好在丹青中寻觅她的倩影,在诗词中品味她的风骨。又以荷与禅、荷与诗、荷与人为题,写了《荷莲三章》。但总觉得意犹未尽,心结难解,心中便渐渐生出了一丝挥之不去的惆怅。

曾在心里勾勒过一幅不甚清晰的草图:几间茅屋,一座小院,院中辟一小池,池中尽植莲荷,池边栽几蔸兰草。晨数荷叶上的露珠,夕闻晚风中的幽香;晴日读史,阴天诵经,泉边弄弦,月下品茗,该是一种怎样的情趣!

这只是一种飘忽不定的幻想。

有一日忽有灵感:为何不把湖中的莲荷搬回来呢?

于是,将一只放置画轴的瓷缸放在朝阳的窗台上,挖来湖泥,注入清水,又买来碗莲的幼苗。栽下不久,便见水面上冒出了些许绿影,次日便成了硬币大小的叶子。叶子渐渐长高、变多,像撑开了一柄柄的绿伞。春季尽了,夏季过了,秋季到了,却不见荷花的影子!

第二年、第三年,一直盼了数年,缸中施了化肥,缸中经常换水，但缸中的荷花依然故我！

我寻思，也许荷花与我无缘？

今年春季，我在卖藕的菜摊上讨了一个拳头大的小藕，埋在一只填了土的泡沫箱中，不几日便冒出了嫩芽，嫩芽渐渐变成了蒲扇大的绿叶，生意盎然，心中兴奋不已。忽有一天向箱中注水时，发现有新芽竟穿透了厚厚的箱板！然后调头朝上窜去，三天后便撑起了一柄又大又圆的绿伞！友人来访时见了，无不惊叹不已。

眼下已过了夏至，南湖的荷花已如火如荼，箱中的荷花却还是一片碧绿。

不过，我并不死心，仍痴痴的等待着，企盼着她迟到的花期。

企盼，是一种别样的体验。

松风遗韵

一

1964年秋，陈毅元帅来到鄂州，下榻在机关接待室里，距我的住所仅有数步之遥。午饭后，他便去登西山。当时，登山既无滑竿，亦无盘山车道，须靠两条腿，但他的兴致很高。他经九曲岭，过苏子亭，走进了古灵泉寺。僧以山泉泡茶，并以他们老祖师当年款待苏轼的传统工艺，亲自制作了东坡饼招待他（东坡饼是古寺中的一绝，曾给毛泽东主席送过一筐，中共中央办公厅为此还给寺中写过一封信，当时此信便挂在寺冲佛堂的壁上）。寺的山门旁边，有一汪池水——洗墨池，据传是黄庭坚在池中涮洗笔砚时，把一池清水染成了黛色。当陈毅走到池边时，竟然一口气吟咏完了黄庭坚的《武昌松风阁》诗：

依山筑阁见平川，夜阑箕斗插屋椽，我来名之意适然。
老松魁梧数百年，斧斤所赦今参天。
风鸣娲皇五十弦，洗耳不须菩萨泉。
嘉二三子甚好贤，力贫买酒醉此筵。
夜雨鸣廊到晓悬，相看不归卧僧毡。
泉枯石燥复潺湲，山川光辉为我妍。

野僧早饥不能馕，晓见寒溪有炊烟。
东坡道人已沉泉，张侯何时到眼前。
钓台惊涛可昼眠，怡亭看篆蛟龙缠。
安得此身脱拘挛，舟载诸友长周旋。

其时，松风阁早已毁坍。

这位元帅兼诗人告诉随行人员，《武昌松风阁》诗的真迹收藏在台湾的故宫博物院中，北京故宫博物院有真迹的复制件。

元帅走后，西山后来发生了三件事，一是寺中炸制东坡饼的精粉和麻油有了保证；二是不再每个饼收取三两粮票了，游人莫不得意；三是在试剑石旁边的松林中重建了松风阁，此阁重檐飞角，红椽青瓦，精巧典雅，属参照原阁资料的仿古建筑。

我当时心中犯嘀咕。虽说苏、黄在文学上齐名，世称"苏黄"，但我总觉得黄庭坚师从苏轼，又与张耒、秦观、晁补之并称"苏门四学士"，名气亦没有苏轼大，为何这位陈老总对他情有独钟呢？

说实在的，我当时更仰慕苏轼，我曾多次读过我能收集到的他的作品，有些作品我已背得透熟，且百读不厌，但对这位"江西诗派"师祖的作品却读得不多，即便读了，似也引不起太大的激动。

自此以后，我开始用心去读黄庭坚的作品了。

不久，一场风暴骤起，我失却了写作和读书的自由。好在我已记住了黄庭坚的几首七绝，可在批斗、劳动的空闲默默背诵，以排遣孤独。如他在鄂州写的《寄贺方回》："少游醉卧古藤下，谁与愁眉唱一杯？解作江南断肠句，只今唯有贺方回！"我每默诵一遍，便把远方的亲友在心里思念一遍，这亦是一种慰藉。

我当时还调侃地想过，若当年的"苏门四学士"能活到如今，不打成"文艺黑线"人物，也会打成"四家店"的，决无好果子可吃！

二

我曾数十次登过西山的松风阁，多半是陪友人去访古探幽的。

有一年秋末，我陪诗人徐迟去西山，途中忽遇风雨，匆忙中我们登上了松风阁，在阁的一楼大厅，我们有幸欣赏了《武昌松风阁》诗的复制件。在二楼大厅中，则书有徐迟曾发表在《人民日报》上的《鄂州西山记》一文。

诗人说他与西山的风雨有缘，他每次登山皆遇风雨。他在阁上凭栏远眺，看风雨中的秋山秋水，听满山的阵阵松涛，他说他找到了一种久违了的意境。

不过，独自登阁则有另一番情趣。远离了市井的喧闹和浮尘，沿着曲折的山路，一边吟诵《武昌松风阁》诗，一边寻觅诗人遗落在松林间的余韵，实在是一种不可多得的享受。

黄庭坚，字鲁直，自号山谷道人，又号涪翁，是北宋洪州分宁（今江西修水）人，生于1045年，殁于1105年，是位多才多艺的诗人、词人、散文作家、书法家。他虽一生未居要职，但仕途十分坎坷，并因诗文而多次遭贬。如宋哲圣年间，有人诬他修《神宗实录》失实而获罪，被贬涪州别驾，黔州安置，后又移贬戎州。崇宁元年，他结束了"万死投荒，一身吊影"的放逐生活，刚去太平州任职，很快再度被贬。还因在一幅《蚁蝶图》上题了一首小诗而得罪了权重一时的蔡京，差点以"怨望"之罪重处。暮年，他因在荆州写《荆南承天院记》而被扣上"幸灾谤国"的罪名，再次贬谪宜州。最后，诗人披着一身贬道上的风雨，终于饮恨死于贬所！

这首《武昌松风阁》诗，就是诗人在太平州被罢官后，乘

船逆江而来，在西山松风阁写的。他来西山的初衷有二，一是来凭吊苏轼的遗迹，二是专候张耒来西山相聚（张耒因在苏轼死后组织悼念活动而获罪，已贬到了黄州）。他们在西山遇有风雨，便夜宿松风阁中，诗人夜里闻松风如瑟，雨点如语，遂诗兴大发，在一张砑花布纹纸上挥笔，写下了这首《武昌松风阁》诗。其诗句句押韵，一韵到底，用的是汉代"梁柏体"。其字为行书，字大二寸，气势雄浑，用笔苍劲，与诗的风格一致，是书法艺术宝库中的珍品。

黄庭坚与苏轼有解不开的缘分，他们除在文学上齐名之外，而且在仕途和人生道路上的经历也十分相似。苏轼也因文字获罪而一贬再贬，先是贬黄州、定州、颍州、惠州，再贬琼州、儋州，最后病死在贬道上的常州。黄庭坚有上任9天就被罢官的经历，苏轼有一个月内三次降职的折磨。除此之外，他们又是情同手足的莫逆之交。元丰元年（1078年），黄庭坚写信给正在徐州的苏轼，信中还附上了两首古诗，表示了自己的仰慕之情。苏轼不但回了信，而且还和了诗。他在信中说"古风二首，托物引类，真得古诗人之风"。自此，风雨中的两位诗人定交，且终生不渝。

鄂州的西山不高，面积也不大，但名气不小，这恐怕与苏、黄等诗人在这里唱和，并留下了众多的遗迹和轶事不无关系。西山与赤壁隔江而望。"乌台诗案"之后，苏轼被贬到黄州，在赤壁的东坡上开荒躬耕，还时常乘舟渡江来西山，在林间观松寻梅，在古刹问禅品茗，不但写下了前后《赤壁赋》，还留下了不少与西山有关的诗歌，《武昌西山诗》是他离开后写的。此诗一出，黄庭坚、张耒等三十余人次韵酬和。苏轼将这些作品收集、整理成册，建议在山上刻石勒碑。此事成为当时诗坛上的一段佳话。

最近，我重读黄庭坚诗集时发现，他写给苏轼的诗竟有60

多首，从这里就能知道二人的情谊之深了。

这确是一种缘分，一种与功利无关的缘分。

三

黄庭坚把写诗作为自己的毕生事业，故而他的创作态度是非常认真的。他一是主张独创，提出了"文章最忌随人后"、"自成一家始逼真"的见解；二是主张脱俗，他所说的脱俗，并非形式上的"异于俗人"，而是要在大事上秉持风节，即儒者的忧国、忧民之风范，只有如此，诗歌才有超俗拔尘的远韵。

黄庭坚留世的诗歌有近2000首，基本上可归为两大类，其一是直接涉及现世的作品，但毕竟数量太少了。其二是侧重表现自我的，这些作品最出色，也最有个性。在这些作品中，我们可以沿着诗人的心迹，看到诗人坚定的操守，一反尘俗的胸襟，爱悦自然的情趣。苏、黄虽在诗坛上并驾齐驱，但在诗风上却迥然不同，取径各异。有人说苏诗以天然才气胜，黄诗以人力功夫胜；苏诗放笔快意，恣情挥洒；黄诗惨淡经营，悉心锤炼；苏诗重激情，意到笔随；黄诗重法度，一笔不苟；苏诗新意层出，黄诗奇语惊人。但我觉得，苏轼写诗很潇洒，黄庭坚写诗很苦。

我从他们身上又联想到李、杜，联想到了三闾大夫，联想到许多身陷逆境，却依然在漫长的贬道上苦苦挣扎又苦苦吟唱的诗人们，他们是幸运的，因为他们是真正的诗人，所以世人才忘不了他们，这座松风阁便是佐证。而那些身居高位而又爱无病呻吟的弄诗者，纵然写下了车载马驮的华丽篇章（清代的高宗皇帝一生写了上万首"御诗"），但到底能有几首流传于世呢？

真正的诗人在人们心目中的重量，远远重于显赫一世的帝王！

在去松风阁的路上，又遇上了斜风细雨，见有不少游人自松

风阁方向走来，我为有如此多的人去看诗人而感到欣慰。但到了阁前时，却尴尬至极：一幅巨型广告牌横在阁前的路边上，上面画有不知何朝何代的一对古装男女，低俗粗劣，旁边有五个醒目大字：太监与情人。

我返身而归！

在下山的路上，我回首望去，见松风阁半隐半显在水雾之中，似一幅飘摇不定山水画。此刻，我想起了唐人刘长卿的一首七绝：泠泠七弦上，静听松风寒。古调虽自爱，今人多不弹。

望着路边森森的松树，我在心里说道：山谷先生，委屈你了。

荷莲三章

莲 与 禅

参禅者说，荷即莲。

不知什么时候和什么缘由，莲花与禅结下了不解之缘，二者已浑然一体。

每每迈进禅寺高高的门槛，总能看到佛祖坐在盛开的莲花上，他慈眉善眼，目不转睛地望着前往朝拜的善男信女们。

在佛界，信众们视莲花为"圣花"，她象征着崇高、圣洁、吉祥、平安、光明、贞洁，是真善美的化身。僧人们的日常生活，也都与莲有关，如称佛界为"莲界"，佛眼为"莲眼"，信徒们彼此称"莲友"，身上的袈裟称"莲服"，相互交谈叫"口吐莲花"，参禅的高僧被尊为"莲花大师"。佛教的密宗，称人的心脏为"金莲花"，佛教的净土宗，有部著名的佛经叫《妙法莲华经》……

寺院的建筑、法器、雕塑、壁画上，到处都能看到莲花的图案。

哪吒是民间故事中的"娃娃神"，他在东海洗浴时，打死了兴风作浪的东海龙王的三太子，四海龙王们集体向玉皇大帝发难，要求哪吒的父亲为他顶罪。哪吒说，自己的行为与父母无

关，他毅然剖腹剜肠，剔下骨肉还给了父母。他死后，借莲花为躯体，梗为骨，藕为肉，丝为筋，叶为衣，脱胎换骨后，助姜子牙兴周伐纣，屡建奇功，至今仍活在人们的心里。

佛经记载，佛祖释迦牟尼，原是一位古印度王子。他诞生之际，朵朵白云飘荡在空中，瑞象显现于御园。他在无忧树下降诞时，池边突然绽开了一朵大于车盖的白莲，他就坐在这朵硕大的莲花上，一双宛若莲花的小手，合十而坐，舌根间生出千道金光，每道金光，化作一朵千瓣莲花，每朵莲花上，都有一位盘腿而坐，脚心向上的小菩萨，坐说波罗蜜，即到达彼岸。

观音，是家喻户晓、妇孺皆知、信众最广的菩萨。在唐代，因避唐太宗李世民之讳，略去了"世"字，称为观音。据说，观世音菩萨原是一匹白马，它能以耳代目，当它听到人世间哪里有苦难时，便会前往解救，所以也称救苦救难的观世音菩萨。

观世音菩萨是位女性，不过，我曾见过一位男性观音。有一年，因为修改一部书稿，我在当阳县的玉泉寺住了一段时间，闲暇时候常在古刹中散步。寺中前院有一水池，池中长满了白莲，每朵白莲皆是并蒂，十分罕见。有一次，我信步走进早已失修的后院，那里已经成为僧人们的菜地，显得有些苍凉，靠墙边有一方石碑，高约两米，上面刻着一位赤着双足、长髯至胸、身材飘逸的男子。他定然有些来头，否则不会出现在这座古刹里。他是谁呢？一位在菜畦旁浇水的僧人告诉我，石碑上刻的是观音菩萨，是唐代的吴道子所绘。我默默地凝视着石碑，心中肃然起敬。虽然年代久远，但碑上的文字依然清晰可见，观音的面容慈祥，衣襟线条流畅，形象生动，栩栩如生。

我想问僧人：为什么现在的观音都是女性呢？但又不便开口，他也没告诉我，终于失去一次请教的机会。

观音的职责，是协助佛祖普度众生。她身着白衣，坐于莲台，一手持着净瓶，一手执着一朵白莲，双目微垂，庄重安详。

她的法相多姿多彩，有的跏趺坐，有的半跏趺坐，也有站立的，还有卧于莲花中的卧莲观音。普天之下，观音的雕像千座万尊，千姿万态，但都离不开莲花。

最著名的，当是千眼千臂的"千手观音"。千眼代表智慧无穷，千手代表法力无边。承德普宁寺中有一尊木雕千手观音，高六丈七尺，重两百余斤，梳发髻，戴佛冠，披袈裟，赤双足，立于莲台之上。上身有四十二只手，各持莲花、宝印、金刚杵等物，造型极为精美。善男信女们一走进雕像，不用别人指点，皆纷纷俯身而拜。

我不参禅，但敬重参禅者。

参禅者静坐蒲团，一盏青灯，一只木鱼，一卷经书，默默而诵。春夏秋冬，朝朝暮暮，不觉得枯燥吗？

参禅者说，心里有了莲花，也就有了禅意。禅缘到了，一草一木是禅，山山水水是禅，凡夫俗子是禅，世间的一切皆是禅。这大约就是唐代的一位高僧说的"心即是佛"？

枫桥旁边的寒山寺里，有一尊寒山和尚的雕像。寒山原是隋代皇室的后裔，虽才华横溢，却无缘仕途，便毅然独居山村，矢志修禅，最后终成一代名僧。如今，他披衣袒胸，笑容可掬地坐在那里，手执一朵莲花，目不转睛地望着向他顶礼膜拜的人群，似能看透每个人的心。但他却一言不发，只是拈花而笑。

我心里藏着一个愿望：有一天，驾一叶扁舟，来到一处久违了的湖畔，去寻访那里的秋水和水中的莲花，再捧起湖水，洗涤身上的尘埃，也洗去心中的疲惫。尔后，折一枝莲叶当伞，仰面而卧，听莲花在清风中私语，看莲叶在涟漪中摇曳，该是一种怎样的意境！

这是一个微不足道的心愿，用不着费神劳力，也无须花费多少钱财，更没有人阻拦，但总是被一些俗事所累，误了莲的佳期，只好将无言的懊悔，投进壶中，在月光中慢慢煮着，临窗独饮独

品。到了来年，心愿又像三春的芳草，在心中萌生起来。谁知转眼已是北雁南飞，又辜负了季节之约！杯中的茶水，便有了一种莫名的惆怅。

原来我与禅无缘。

为了观察荷花的形态和神韵，我将一株莲花幼苗，栽在一只精美的瓷缸里，置于阳台之上，天天望着它、守着它，等待它能冒出一片绿叶。有一日清晨，忽然看到水面上浮动着一抹浅绿，又过了几天，浅绿变成圆圆的绿叶，每当落雨，叶面上便会滚动着几粒珍珠，圆润玲珑、晶莹。绿叶渐渐变大了，长高了，其形、其态、其韵，与湖中的莲花一模一样，只是缩小了许多，应是袖珍版的莲花。

自此之后，我天天向瓷缸中添水，早晚为它擦拭叶片，盼着能早日见到它的花苞，看着花苞变成一朵或红或白的莲花！谁知，眼看着花期将过，水面上却不见动静。我想，莲花虽"出污泥而不染"，但污泥肥沃，瓷缸中的泥土大约缺肥，于是，我便买来数种肥料，撒于缸中。谁知过了几天，莲叶忽然变蔫了、变黄了，我恍然大悟，这是施肥过多所致！于是又连忙添水稀释，进行抢救。后来，虽然又冒出了几片叶子，但总是一副弱不禁风的样子，十分可怜。

数年过去了，缸中的莲花虽然年年发芽，仲夏时碧叶亭亭，却始终未看花开。不过，我不离不弃，总是精心的养护着它。精诚所至，金石为开。我坚信，只要执着，就一定能等来它的花期。

也许，这就是一种禅意？

荷 与 人

在民间，莲即荷。

中国是荷的王国，《本草纲目》上说："莲茎上负荷叶，叶上负荷花，故名。"

荷花又称芙蕖、菡萏、芙蓉、水芝，属睡莲科莲属，多年生宿根水生植物。它的年龄可比佛祖大多了。在亿万年前，大地上的水域就有了它的倩影。当人类进入农耕时代，它便从野生的湖泊水泽，走进人们的田间、池塘。在"仰韶文化"的房基遗址中，曾发现了五千年前的莲子。山东的普兰店出土的千年古莲子，经科学培育，曾发育成植株。

《周书》上说，"薮泽已竭，既莲掘藕"。荷作为食物和药物，早已走进了寻常百姓家。荷有恩于人。

荷之食，也就是莲子，因色白如玉，形似虫蛹，故又有"白玉蛹"的雅称，富含多种维生素。荷之茎，也就是藕，别名"玉节"，因白嫩如玉，亦称"玉玲珑"，营养价值极佳。

荷花有清暑解热和止血功能；莲须可治梦遗，乌须发；荷蒂是收敛止血之药；莲房是收涩之药；莲蕊是通血脉、降血压之药；荷叶，可消暑、清热、开胃；荷梗可顺气、宽胸、通乳，藕节可收敛止血。

荷的全身，都可以入馔，如荷叶茶、荷花茶、莲心茶、荷花酒、荷花八宝饭、糯米莲藕、鲜藕丝糕、荷叶粥、荷叶粽、莲子糕、银耳莲子汤、枣泥荷花卷、姜拌藕片、藕粉丸子、油炸荷花瓣、糖藕、藕合子等，林林总总的美食佳肴，有数百种之多。

荷是我们的挚友，同我们结伴而行，令我们的生活多姿多彩。除了常见的生长在湖泊中的荷花之外，还有一些珍奇的品种，以供我们欣赏。在《拾遗记》中，记有汉昭帝游柳池时，看到"有芙蓉，紫色，大如斗，花素叶甘，香气袭人，其实如珠"。在历代文献中，还记载着各地的多种荷花，如千叶莲、四面莲、金边白莲、洒金莲、重台莲、四季莲、并蒂莲等。

还有一种"碗莲"，叶小，植株也小，有锦边莲、案头莲、

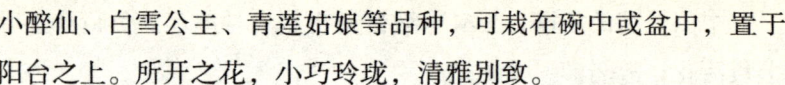

小醉仙、白雪公主、青莲姑娘等品种，可栽在碗中或盆中，置于阳台之上。所开之花，小巧玲珑，清雅别致。

在华夏大地上，荷花无处不在，以荷命名的山峰、河流、池塘，以及城镇、寺庙、村庄、湖泊，多得难以计数。庐山有莲花峰，黄山有莲花峰，华山有莲花峰，衡山也有莲花峰。瓯江别名芙蓉江，成都别称芙蓉城，无锡有芙蓉湖，江西有莲花县，台湾也有莲花县，萍乡有莲花塘，北京有莲花桥，澳门特区还将莲花作为区徽和区旗……

唐代的铜镜，因形似荷花，称为芙蓉镜；古时宫中的烛台多为莲花状，称"金莲炬"，用莲藕色染缯的帐子，叫"芙蓉帐"；计时器叫"莲花漏"；用来接收天露供帝王饮用的承露盘，就是玉质的莲花盘，神话故事有《宝莲灯》，秦腔有《荷塘训子》，民间演唱有"莲花落"。宋代宫中有"采莲舞"，舞者皆为女性，她们乘彩舟，手执莲花徐徐起舞，如梦似幻。中国舞蹈家编排的"荷花舞"，旋律优美，不知陶醉了多少观众！中国舞蹈的最高奖项就是"荷花奖"。

一千多年前，"莲花纹"已经风行天下，如青铜、金、银、玉以及瓷器、雕塑、刺绣，甚至文房四宝的装饰，大都采用"莲花纹"、"莲瓣纹"、"绕枝连理"。故宫中收藏的唐代"双凤莲纹玉佩"上，两只凤鸟立于莲花之上，外有绕枝莲环绕，造型美轮美奂。古代有观莲节，今天有荷花节。荷花是中国的十大名花之一，济南以荷花为市花，年年都举办荷文化艺术节，品尝莲藕美食，评选"荷花仙子"，放"荷花灯"，让人领略四面荷花三面柳的景色。济宁、孝感、许昌、洪湖、肇庆等城市的市花，也都是荷花。1980年，邮电部首次发行了一套荷花邮票。2003年，中国人民银行发行了"5角"的硬币，古铜色的背面是一朵精美的荷花。

四川大足县农民罗克强承包了一片沼泽，辟为数千亩的荷花塘，种植四百余种荷花。他又突发奇想，选送了150粒莲子，搭乘我国航天器，完成了太空之旅。莲子因起了基因变异，育出的重瓣荷花，不但花色鲜艳，且比普通莲花大了三倍，被称为"太空荷花"。

历代的丹青高手们，都对莲花一往情深。故宫中有一幅吴炳的《出水芙蓉图》，整幅画上只画了一朵盛开的荷花，艳丽而生动。八大山人将莲花画成孤高如树，齐白石的《残荷图》，用笔大胆，层次鲜明；他在《荷花影》上画了一朵红荷，荷影倒映水波之中，引来一群蝌蚪，十分传神，可谓匠心独具。

国画大师张大千说：赏荷、画荷，一辈子都不会厌倦。由于他画的荷花特色鲜明，受到世人的推崇。徐悲鸿曾说过："张大千的荷花，为国人脸面增色。"1949年，身在香港的张大千受何香凝所请，特意画了一幅《墨荷图》，题头上写着"润之先生雅正"，送给了毛泽东。

张大千还因一幅荷花，获得了红颜知己的芳心：20岁时，他仿石涛的画已经炉火纯青，真假难分。宁波富商李茂昌曾以50块大洋买了一幅石涛的"真迹"。不料其女看了笑着说，此画是假的，但作画人的天赋极高，将来必有作为。

李茂昌以为张大千是位画界的前辈，见了面以后才发现，他竟是个风流倜傥的青年画家，便邀请他到家中做客。

张大千一进客厅，立刻被壁上的一幅《荷花图》所吸引。画上是一朵残荷，一根秃茎，一汪淤泥，画面飘逸脱俗，落款是"鸥湘堂主"。他惊叹道："画界真是天外有天啊！"

李茂昌问他，想不想见见"鸥湘堂主"？

他连忙说，我拜师还来不及呢，不知堂主是否还在人间？

傍晚时，一位秀丽的年轻女子款款走进客厅，李茂昌笑着说："她就是鸥湘堂主，你还拜师吗？"

张大千连忙走到女子面前，"扑通"一声跪下便拜，说道：

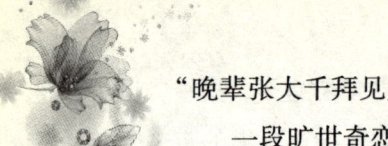

"晚辈张大千拜见师父。"

一段旷世奇恋就此拉开了序幕。

荷花,还承载着传递感情,增进友谊的使命。

1905年,孙中山在日本领导同盟会从事救国活动时,曾受到造船实业家田中隆的热情支持。13年后,他再度赴日本时,带去了辽东半岛出土的9颗古莲子,以示谢意。田中隆辞世后,其子将古莲子送到日本荷花专家大贺一郎那里,经过精心培育,莲子竟然萌发了植株,绽开了硕大的莲花,花为单瓣、粉色。显得端庄、淡泊、高雅,被命名为"孙文莲"。大贺一郎又将"孙文莲"和在日本出土的古莲子杂交,获得成功后,取名为"大贺莲"。1963年,中科院院长郭沫若访问日本时,日本朋友送他10颗"大贺莲"的莲子。他回国后,中国的植物专家将"大贺莲"和中国普兰店出土的古莲再次杂交成功,取名为"中日友谊莲"。

1979年邓颖超访问日本时,参观了唐代鉴真和尚在奈良建造的招提寺,寺院长老将中日两国专家培育的"招提寺莲"、"孙文莲"、"中日友谊莲"的莲藕赠送给她,回国后,她将这些莲藕送到了武汉植物园研究所进行培育。1980年,鉴真和尚像由日本回国探亲,其像在大明寺展出时,中国专家们将繁殖的"招提寺莲"、"孙文莲"和"中日友谊莲"专程送到大明寺,栽在鉴真纪念堂前,让这三种莲花,在寺中池塘里灿烂开放。

荷花,承载着人世间的纯真、至善和大美。

荷 与 诗

诗,是文学殿堂中的精灵。在诗人的眼中,荷的风韵已经和诗的意境融为了一体。

《诗经》是中国的第一部诗歌总集,其中有一首《陈风·泽陂》，以荷花起兴，表现了一位女子追念意中人的情思：

彼泽之陂，有蒲与荷。
有美一人，伤如之何。
寤寐无为，涕泪滂沱。

屈原在他的《离骚》中，讴歌了荷花的高洁：

制芰荷以为衣兮，集芙蓉以为裳。
不吾知其亦已兮，苟余情其信芳。

历代的诗人，都饱含感情咏赞过荷花：

青荷盖绿水，芙蓉披红鲜。
下有并根藕，上有并头莲。
　　——晋《乐府·庆阳度渡》

锦带杂花钿，罗衣垂绿川。
问子今何去，出采江南莲。
辽西三千里，欲寄无因缘。
愿君早旋返，及此荷花鲜。
　　——南朝·吴均《采莲》

浮香绕两岸，圆影覆华池。
常恐秋风早，飘零君不知。
　　——唐·卢照邻《曲池荷》

荷叶罗裙一色裁，芙蓉向脸两边开。

乱入池中看不见，闻歌始觉有人来。
——唐·王昌龄《采莲曲》

轻舸迎上客，悠悠湖上来。
当轩对尊酒，四面芙蓉开。
——唐·王维《临湖亭》

耶溪采莲女，见客棹歌回。
笑入莲花去，佯羞不出来。
——唐·李白《越女词》

试妾与君泪，两处滴池水。
看取芙蓉花，今年为谁死。
——唐·孟郊《怨诗》

荷叶生时春恨生，荷叶枯时秋恨成。
深知身在情长在，怅望江头江水声。
——唐·李商隐《暮秋独游曲江》

船动湖光滟滟秋，贪看年少信船流。
无端隔水抛莲子，遥被人知半日羞。
——唐·皇甫松《采莲子》

荷花开后西湖好，载酒来时。不用旌旗，前后红幢绿盖随。
画船撑入花深处，香浮金卮。烟雨微微，一片笙歌醉里归。
——宋·欧阳修《采桑子》

田田抗朝阳,节节卧春水。
平铺乱萍叶,屡动报鱼子。
——宋·苏轼《荷叶》

毕竟西湖六月中,风光不与四时同。
接天莲叶无穷碧,映日荷花别样红。
——宋·杨万里《晓出净慈寺送林子方》

干荷叶,色苍苍,老柄风摇荡。减了清香越添黄,
都因昨夜一场霜,寂寞在秋江上。
——元·刘秉忠《翠盘秋》

荷田成片傍湖边,隐约花红点点连。
三五小船撑将去,歌声嘹亮赋采莲。
——明·李亚如《采莲曲》

荷叶五寸荷花娇,贴波不碍画船摇。
相到薰风四五月,也能遮却美人腰。
——清·石涛《荷花》

偶因烦热便思家,千里江南道路赊。
门外绿杨三千顷,西风吹满白莲花。
——清·郑板桥《燕京杂诗》

一些赞叹荷花的佳句,如今已成了脍炙人口的经典:

江南可采莲,莲叶何田田。　——《乐府·相和曲》

涉江采芙蓉，兰泽多芳草。　　——《古诗十九首》
览百卉之英茂，无斯华之独灵。　——曹植《芙蓉赋》
看取莲花净，应知不染心。
　　　　　　　——孟浩然《题大禹寺义公禅房》
荷花娇欲语，愁杀荡舟人。　　——李白《渌水曲》
竹深留客处，荷净纳凉时。
　　　　——杜甫《陪诸贵公子丈八沟携妓纳凉晚际遇雨》
红鲤二三寸，白莲八九枝。
　　——白居易《草堂前新开一池，养鱼种荷，日有幽趣》
此花此叶常相映，翠减红衰愁煞人。
　　　　　　　　　　　　——李商隐《赠荷花》
有三秋桂子，十里荷花。　　——柳永《观海潮》
白莲生淤泥，清浊不相干。　——苏辙《盆池白莲》
四顾山光接水光，凭栏十里芰荷香。
　　　　　　　　　——黄庭坚《鄂州南楼书事》
断无蜂蝶慕幽香，红衣脱尽芳心苦。
　　　　　　　　　　　　——贺铸《踏莎行》
红藕香残玉簟秋，轻解罗裳，独上兰舟。
　　　　　　　　　　　　——李清照《一剪梅》
绿杨堤畔闹荷花，记得年时沽酒、那人家。
　　　　　　　　　　　　——仲殊《南歌子》
碧圆自洁。向浅洲远渚，婷婷清绝。
　　　　　　　　　——张炎《疏影·咏荷叶》
骤雨过，珍珠乱撒，打遍新荷。
　　　　　　　　　——元好问《骤雨打新荷》
采莲人和采莲歌，柳外兰舟过。
　　　　　　　　　——杨果《越调·小桃红》

青山倒影水连郭,白藕作花香满湖。

——梵琦《晓过西湖》

白鸟朱荷引画桡,垂杨影里见红桥。

——王士禛《浣溪沙》

南国多芙蓉,北池饶冰雪。　　——袁枚《随园诗话》

荷花,还常常在楹联上出现:

四面荷花三面柳,一城山色半城湖。

——济南大明湖联

十分春水双檐影,百叶莲花七里香。——扬州漷清堂联

古迹重湖山,历数名贤,最难忘白傅留诗,苏公判牍。
胜缘结香火,来游福地,莫虚负荷花十里,桂子三秋。

——杭州灵隐寺联（白傅,白居易;苏公,苏轼）

秋色横眉,桂树丛中招隐士。
湖光照石,荷花乡里坐诗人。

——四川新都桂湖联

十里荷花鱼世界,半城杨柳佛楼台。

——昆明翠湖碧漪亭联

三面桥通四面水,一池鱼戏半池莲。

——云南大理书院凉亭联

青山横郭,白水绕城,孤屿大江双塔院。
初日芙蓉,晓风杨柳,一楼千古两诗人。

——温州江心寺联（两诗人指谢灵运、孟浩然）

还有一副状物的楹联，耐人寻味：

藕入池中，玉管通地理。
荷出水面，朱笔点天文。
——无名氏联

……

也许诗仙李白对荷花倾注了太多的感情，他不但赞美荷花"清水出芙蓉，天然去雕饰"，还称自己是"青莲居士"！

还有些脍炙人口的文章，读起来，像诗歌那样优美。

北宋理学家周敦颐的《爱莲说》，虽只有120个字，却已成为千古佳作。他说莲花"出淤泥而不染，濯清涟而不妖，中通外直，不蔓不枝，香远益清，亭亭净植。可远观而不可亵玩焉"。以莲花比喻君子的美德，是文人士子们洁身自爱的主修课。此文一出，人们争相传诵，一时洛阳纸贵。

清人李渔的《芙蕖》、朱自清的《荷塘月色》、闻一多的《红莲之舞》、冰心的《往事（七）》、叶圣陶的《藕与莼菜》、孙犁的《荷花淀》、余光中的《莲的联想》、席慕蓉的《莲的心事》、季羡林的《清塘荷韵》等，这些赞美荷花的散文，能拨动人的心弦，产生心灵的共鸣。

荷，已开成了一种文化。

夜泊三山湖

　　夏日午后，天色骤变，紧接着便是一阵瓢泼大雨。俄而雨过天晴，天际一片瓦蓝。友人说雨后的三山湖很美，于是一行人便出发了。

　　到三山湖畔时，已近黄昏。黄昏是一天中最值得留恋的，橘红色的夕阳将坠未坠，西天霞光熔金，但湖面上已泛起了一抹空蒙，湖中的船和远处的山也变得朦胧起来，只有靠近岸边的那些亭亭玉立的荷花，还殷勤而又多情地守候在那里，一朵朵冰心玉骨，让人不忍离去。踏着用木桩和木板搭成的栈桥，我们来到一座湖中的小亭，如船泊在湖中。此时湖面上已经暮色四合，在天幕的衬托下，三山的轮廓如一幅巨大的剪纸作品。人们一边品茶，一边欣赏着三山湖的风光，兴致正浓。此时我的思绪却悄悄地去了另一座三山，也就是《封禅书》上所说的渤海的蓬莱、方丈和瀛洲……

　　自古以来，不但凡夫俗子憧憬着海上三山，连诸多帝王也对三山顶礼膜拜，只是他们谁也不曾真的到过三山，只不过是在梦里或海市蜃楼中见过罢了。宋代女词人李清照曾随丈夫在莱州生活了数年，南渡后写了一首《渔家傲》：

　　　　天接云涛连晓雾，星河欲转千帆舞。仿佛梦魂归帝所。闻天语，殷勤问我归何处？　我报路长嗟日暮，学诗漫有惊人句。九万里风鹏正举。风休住,蓬舟吹取三山去。

在作品中,她和天帝的一问一答,道出了自己对未来和自由的向往,是一首绝妙之词。

我又想起了另一座湖中之山——洞庭湖上的君山。其实,君山既不比三山大,也不及三山高,但她却名噪天下。她的芳名与湘夫人有关,《湘水》中说,"湘君之所游处,故曰君山矣"。初唐诗人张悦写过一首诗:

巴陵一望洞庭秋,日见孤峰水上浮。
闻道神仙不可接,心随湖水共悠悠。

李白说她是"淡扫明湖开玉镜,丹青画出是君山"。我尤喜爱刘禹锡的《望洞庭》:

湖光秋月两相和,潭面无风镜未磨。
遥望洞庭山水翠,白银盘里一青螺。

诗人将君山比作放在白银盘子中的一只青螺,这太富有想象力了!

我曾去过蓬莱的长山岛——八仙过海的地方,那里确实极美,但我总觉得那里浪大、潮急,而且潮湿,似缺了些人间的烟火。我也去过君山,君山虽不乏人间烟火,且山清水秀,不过,没看见二妃留下的斑竹,留在我记忆中的,只剩下君山茶淡淡的清香和绵长的韵味,都不及三山湖上的三山那么温柔且富于人情味。

我初识三山,是在40多年前。当时的三山,是悬于湖中的一座孤岛,我是乘船登岛的。为了收集创作素材,白天访问修船的渔民和织网的妇女，晚上，在岛上人家的庭院里听湖上的传说故事，听他们讲述看到听到的奇闻轶事。一位小学校长成了我的好朋友，时常向我讲述渔村的习俗风情。有一天晚上，为了体验湖上夜泊，我们带着一点干鱼和一瓶苕干酒，划着一艘渔船便下湖了。当夜月朗风平，湖面如一面墨绿色的铜镜，倒映着天上的皓月，美极了！许是酒力的缘故，到子夜时，几个人都迷迷糊糊地睡着了，我忽然被什么声音惊醒了，看见不远处有一团溅起的水花，那一定是一条跃出水面的大鱼！望着幽幽的湖水，我相信船底下定然是个神奇而陌生的世界，那个世界里一定会有许多鲜活的生灵。我还听说湖中有个鲇鱼潭，河中有条大鲇鱼。不知是不是有点害怕，我们便划着双桨，急匆匆地划到了岸边，结束了夜泊三山湖的经历……

　　当我们踏着木栈道离开湖中的小亭时，风停了，雨歇了，满湖的波浪也不喧哗了，剩下的是无边的温馨和静谧。我想，待会一定会有一轮皓月升到中天。月辉下的湖上三山，会是一种怎样的模样？我想象不出来。

芳 草 知 音

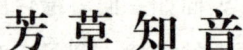

每当冬尽春初，她便会如期而来，挑着一担大别山的兰草。

她将兰草摆在大学门前的杂货摊旁。于是，那些影坛明星的玉照，那些大拍卖的新潮服装，那些塑料气球和塑料花卉之类的，便一下子失去了光彩，失去了吸引力。因为她的一副筐子里，有两团耀眼的绿色，向外溢着诱人的缕缕清香。

那清香在空气中弥漫着。人们便纷纷围拢过去，赞叹，挑选，付钱，不一会工夫，那两团绿色便分解成了许多的绿块，随着人潮，流向了四面八方，流向了人家的阳台和窗台，也流向了人们的案头和心头。

不过，她每年都要事先留下一簇最绿最好的兰草，用薄膜包好，待筐中空了之后，便捧着兰草，默默地走进宿舍甲区，走向一幢古朴的小楼，将兰草放在朝阳的窗台上，然后，又悄悄离去。

于是窗台上便添了一番韵味：修长的叶片，密疏有致，横斜相宜……

那年，她才十六岁。她在自己的家乡——大别山的山麓，挖了两筐兰草，搭上了一辆过路的汽车，来到了这座高等学府的门口。她将担子放在一排货摊的旁边，等待人们来买。

她记得太清楚了，那一天，下着小雨。因为年关将近，行人走的都很匆忙。从中午到傍晚，她竟没有卖出一簇兰草。她有些饿，有些冷，还有些委屈。她的衣裳湿透了，水珠儿顺着她的刘海不断地滴下来。她眸子里的水珠儿也快要滴下来了。

这时，有人拍了拍她的肩头。她回头一看，是位白头发的老人，坐在轮椅车上，正朝她笑着，那笑容亲切，慈祥。她忽然想起了爷爷。爷爷也是一头白发，也是这么笑着，也是不能走路。不过，爷爷没有轮椅车。爷爷在渡过了长江，冲向大堤时，被美制的炮弹炸去了左腿。

老人问她，这兰草多少钱一簇？她极高兴，但说不出来，只能"啊啊"地打着手势。老人从她的手势中知道，原来卖兰草不论簇，论花苔子有多少，每支花苔子一毛钱。

老人将轮椅车向前摇了摇，坐在两筐兰草中间，顺手取出一簇，看了看，便高高地举起来，大声喊道："此乃春兰，又名草兰——花中君子，王者之香，花上留下一毛钱，买回一枝春——请买兰！"

她看到老人举着兰草的手有些颤，喘气声也很急促。不过，脸上依然挂着笑容，爷爷脸上的那种笑容。她心里一热。

简直不可思议，那些行色匆匆的路人见了，都纷纷驻足。年纪大的，向老人点头，打招呼；年纪轻的，向老人敬礼。人们你一簇我一簇地抢着买她的兰草，不一会，两筐兰草便卖完了。当她接过最后一个人的钱时，回头一看，老人已经走了。

她在离开那所大学的时，忽然想起了什么，便恨起自己来了：还没有向那位老人表示感谢呀！同时又有些后悔，为什么不留下一簇兰草，送给他呢？因为他太熟悉大别山的兰草了！她想，明年的这个季节，她还要去挖兰草，还要来。她要选一簇最绿最好的兰草，不卖，去送给老人。

第二年，她果然如期来了。不过，从人们的眼神和叹息中知道，她来迟了。

她不太相信，也很固执。她从一位清洁工那里打听到了老人住过的地方，于是，便急急忙忙来到了生活甲区，找到了一幢二层的小楼，将她特意挑选出来的那簇兰草，放在了朝阳的窗台上，又深深地鞠了一躬，才默默离去。

自此，她年年都来卖兰草，年年都在窗台上放上一簇兰草。

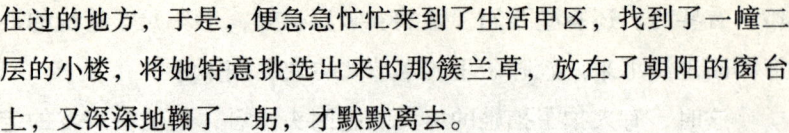

老　墙

　　在我们的生活中，充斥视觉的是或大或小、或高或矮、或洋或土的建筑物，而每一座建筑物都砌有各种各样的墙。由于司空见惯，看过之后也就淡忘了。

　　但有一方墙，却总是萦绕在我的梦中。

　　这是一方由青砖砌成，白灰抹缝的老墙，墙砖不但陈旧，而且粗糙，砖缝里的石灰也大都脱落了。由于雨水浸淫的缘故，老墙上留下了斑驳的绿苔，像什么人的随手涂鸦。它曾经是一栋显赫的府第？一座宏大禅寺？或许是一所热闹的私塾？它有过怎样的经历？又是何时为何被废弃了？没有人能说得清楚。它的房舍、殿堂倒坍后，院子里的蒿草越长越高，成了野狐们的伊甸园；又在一个雷雨交加的黑夜，闪电将残存的梁柱、门扇化成了灰烬，最后，只剩下了这方老墙，孤独地站在苦风凄雨之中。

　　老墙第一次被派上用场，是土改时的斗争大会。在一阵阵愤怒的口号声中，几个挨斗者蹲在老墙的墙根，他们的身子和这方老墙一起瑟瑟地颤抖着。

　　农村合作化时，人们牵来了耕牛，送来了犁、耙、水车和种子，老墙上贴满了红红绿绿的标语；村民们的说笑声在初春的南风中传递着、飘荡着。

　　在"大跃进"的年月里，人们砍倒大树烧炭，砸碎饭锅炼铁，大放"粮食亩产超万斤"的卫星。当时的老墙写着："食堂

万岁!"

在冷寂了一段时光之后,忽有风暴席卷而来。人们看到,老墙上的标语换了一茬又一茬:"誓将无产阶级文化大革命进行到底!""横扫一切牛鬼蛇神!"

为了宣传最高指示,人们刮去老墙上一层盖一层的标语,用石灰刷白了墙面,上面写着"人民,只有人民,才是创造历史的动力!"15个仿宋大字,由于是用红漆写的,显得格外醒目。人们在这方老墙前面手擎红宝书,唱语录歌,跳忠字舞……

我想起了一件与标语有关的往事:因我发表过一些作品,在这场革命之初就被打成了小"三家村"而遣送到农村改造世界观。有天晚上接到通知:明天有外国学生前来参观,要我连夜赶写标语。由于夜间停电,加之要写的标语太多,我只好加快速度。其中有条标语是"敬祝毛主席万寿无疆",因为标语是行书连笔写的,那个"无"字有点像"元"字,加之油灯的光线太暗,当时也就没有在意。第二天中午,房东家的孩子偷偷告诉我说,上级工作组的干部正围看那条标语议论,说是反动标语,想要揭下来,以证明是阶段斗争新动向。但标语贴在了一家社员的土砖墙上,一时揭不下来!他们说下午来拍照片!

我忐忑不安地吃过午饭,等待被人带走时,忽然传来了一个匪夷所思的消息:工作组带着相机来拍照时,发现墙上的标语不见了!土墙上只留下了一些水湿的印迹。不知什么原因,工作组就没有再追究了。

后来才知道,是一位女社员将一碗水泼在了标语上,打湿了土砖,又轻轻一刮,就将标语刮下来了,这才使我逃过了一劫!

喧哗和浮躁渐渐退去,这方老墙亦被冷落了。不过人们发现,它的身边多了一个邻居——长途汽车停靠点,去南方打工的人们常常这样约定:某天某时在老墙集中、出发;每逢开学之前,那些莘莘学子也会相约老墙,尔后结伴前往省城和外省。这方老墙已成了一种特有的地理符号。

不知道从哪天开始，老墙忽然被古怪陆离的色彩霸占了，洗发水、猪饲料、减肥茶、助力车等轮番在老墙上张扬，妖冶的女星和新潮的歌手在老墙上吆喝着各自的广告词。老墙变得时髦了。

我对老墙既无好感，也说不上有什么恶感。在我心目里，它只是一方被人遗忘了的、毫无生气的老墙而已，它的存在与否，与我毫不相干。

有一次，我看到南京夫子庙旁的道路施工时，挖出了许多又厚又大的古砖，古砖很精致，也很细腻，据说是明代皇宫中的古砖。我望着那些古砖，忽然想起了老墙的青砖，无论大小还是质料，它都难能与南京的古砖相比，但是，它却勾起了我对老墙的怀念，心想，若有机会，一定要去看看那方老墙。

又住了几年，终于有了一次途经老墙的机会，临出发时，还特意带上了相机。在去老墙的途中，心里在说，久违了老墙，我来看你了！

车停后，我顿时糊涂了，眼前是一座立交桥，桥上车辆如梭，一片繁忙。除了一座颇有气魄的加油站之外，四周什么都没有，那方老墙呢？

我凭着当年的记忆，固执地走到立交桥的左侧，我认定那里就是老墙的所在之处，想在那里寻觅老墙留下的痕迹，比方说墙基或墙砖什么的，但找了大半天却一无所获，只在茵茵的绿化带上看到了一个路标，箭头上写着：高新产业园5km。附近有工程人员在测绘，听说城际轻轨要从这里通过。

因为没找到老墙，不免有种莫名的惆怅。在返程途中，我忽有所悟：那方曾经的老墙虽然消失了，但它却顽固地留住了我的心里，融进了我的思绪中，也许还会化为不期而至的灵感，伴我走进难以名状的意境……

车窗外边，蕙风撩人，原来已是春深如海了。

我食武昌鱼

武昌鱼曾经是一首民谣，后来又成了一首诗，被东去的大江日夜诵唱着。

我第一次品尝武昌鱼，是沾了陈毅元帅的光。

1964秋，陈毅一行来到鄂城（今鄂州市），住在机关接待室的一排平房里。一天中午，食堂的厨师为他们清蒸了几尾刚从江中捕捞的武昌鱼。谁知他没吃成，便匆匆启程回京了。我去食堂打饭时，厨师照顾我，卖给我一尾，收了菜金三角。

因为我出生在青岛，吃惯了黄花鱼等海鱼，总觉得淡水鱼有一种泥腥味，所以很少吃江河湖泊中的淡水鱼。自品尝了这尾清蒸武昌鱼之后，便改变了对淡水鱼的偏见，对武昌鱼有了一种很浓的兴趣。

湖北是千湖之省，鄂州是百湖之市。鄂州的梁子湖是湖北的第二大湖，也是武昌鱼的母亲湖。其幼鱼自梁子湖进入长江，成鱼后再游回梁子湖产卵，周而复始。武昌鱼又称鲂鱼和鳊鱼。《本草纲目》上说："鲂，方也，鳊，扁也。其状方，其身扁也。"春秋时，由于此鱼稀少，故而十分珍贵。贵族把品尝此鱼视为一种地位的荣耀。《诗经·衡门》上写道："岂其食鱼，必河之鲂。岂其取妻，必齐之姜。"他们把品尝河中的鲂鱼，和娶齐国宗室的美媛等同起来，可见古人把品尝此鱼看得有多重了！

其实，与这种鲂鱼相似的，还有其他鳊鱼，它们统称为鳊鱼。19世纪以来，欧洲人理查逊、耿林、德柏斯基、尼克斯和日本人本村重、宫地传三郎以及国人朱之鼎、张春霖、王以康等，都对鳊鱼进行过考察和研究，均无结果。20世纪50年代初，鱼类学家易伯鲁率中国科学家院水生物研究所的20余位专家，在梁子湖研究了两年时间，确认鲂鱼是梁子湖的特有鱼种，并正式命名为"团头鲂"，受到了国内外学术界的认同。新版《辞海》中的辞条是："武昌鱼，学名团头鲂，原产于湖北省鄂城县（今鄂州市）梁子湖。"

团头鲂第一次被叫作"武昌鱼"，是一次人为的炒作。

公元221年，为了与魏、蜀争霸天下，孙权将东吴的大本营迁到长江中游的鄂州，并在鄂州修筑了都城，取"以武而昌"之意，命名都城为武昌城，并在这里告天称帝，形成了三国鼎立之势。当时的武昌虽是鱼米之乡，但人口较少，经济落后。他便强行从建业（今南京市）迁民千户来到武昌。以每户五人计算，人口达5000余人。这些移民中，不但有东吴的上层大户人家，还有专长冶炼、造船、营造、纺织等方面的人才。他们思乡心切，便编了一首民谣：

宁饮建业水，不食武昌鱼。
宁还建业死，不止武昌居。

民谣在街头巷尾传唱起来，武昌鱼之名随之大噪。

不久，孙权便把都城迁到了建业，武昌城成了东吴的陪都。住在石头城里的孙权和驻扎在乌衣巷中的侍卫们，再也没有回到武昌城。到了甘露元年（265年），东吴末帝孙皓又把东吴都城迁回武昌。左丞陆凯上书劝阻迁都时，引用了这首童谣。次年，孙皓又还都建业。从此之后，东吴帝国便走向了衰弱。于是，游动于江湖之中的武昌鱼，便成了东吴君臣们的心中之痛。

既然武昌鱼是鱼中的佳品，又有孙权这层关系，于是，一拨又一拨的文人们纷纷前来凑热闹。北周的庾信说："还思建业水，又食武昌鱼。"唐代的岑参说："秋来倍忆武昌鱼，梦魂只在巴陵道。"苏轼因"乌台诗案"被贬黄州时，日子过得虽然紧巴，却喜食鱼肉，"东坡肉"就是他的专利。他在鄂州吃过武昌鱼之后，写了一首《鳊鱼》：

晓日照江水，游鱼似玉瓶。
谁言解缩项，贪饵每遭烹。
杜老当年意，临流忆孟生。
吾今又悲子，辍筋涕纵横。

"解缩项"是指武昌鱼。这位老夫子既赞美了鳊鱼玉瓶般的身材，又同情它受饵的引诱而遭烹的命运。他一面手执竹筷品尝武昌鱼的美味，又因可怜武昌鱼而泪流满面！可谓感情复杂。

真正令武昌鱼名扬天下的，是毛泽东。

1956年5月31日，毛泽东由长沙到达武汉，下榻东湖的梅岭。次日下午，他第一次畅游长江时，江面上风速六级，风大浪急，但他毅然登船。厨师杨纯卿在船上为他做了四菜一汤，其中就有一道清蒸武昌鱼。饭后，时年63岁的毛泽东在江中畅游两小时零四分，游程二十余华里！

当天晚上，杨纯卿和工作人员正在宾馆中休息，毛泽东走到他的跟前，笑着说道："杨师傅，你做的武昌鱼非常不错。"说着，从口袋中取出一张条幅，"我刚刚填了一首词，送给你好不好啊？杨师傅，不吃你做的武昌鱼，我是填不出词来的。"

杨纯卿双手接过，展开一看，是一首《水调歌头·游泳》：

才饮长沙水，又食武昌鱼。万里长江横渡，极目楚天舒。不管风吹浪打，胜似闲庭信步，今日得宽余。子在川上曰，逝者如斯夫。　　风樯动，龟蛇静，起宏图。一桥飞架南北，天堑变通途。更立西江石壁，截断巫山云雨，高峡出平湖。神女应无恙，当惊世界殊。

他还为此词写了批注："武昌鱼，三国孙皓一度从南京迁都武昌，官僚、绅士、地主及其他富裕阶级不悦，反对迁都，造出口号'宁饮长江水，不食武昌鱼'。那时的南京人心情如此，现在改变了，武昌鱼是很有味道的。"

这首词中的长沙水，他在文物出版社刻印的《毛主席诗词十九首》的书眉上有一批注："民谣，常德有山山有德，长沙沙水水无沙。所谓长沙水，地在长沙城东，有一个有名的白沙井。"

他对武昌鱼的解释是："武昌鱼的故乡，不是今天的武昌，是古代的武昌，在现代的武昌和大冶之间，叫什么县，我忘了。武昌鱼就是那个地方出的鳊鱼，所以我才说'才饮长沙水，又食武昌鱼'。"

毛泽东忘了的那个县，就是今天的鄂州市。真正的武昌鱼，产在湖水和江水汇合的樊口。武昌鱼"产樊口者甲天下"，故而武昌鱼也叫樊口鳊鱼。

武昌鱼与其他的鳊鱼有细微差别。凡鳞白而腹无黑膜、头团、体厚、口宽、两侧呈菱形、肉质肥嫩、背鳍短、尾柄高者，即是武昌鱼。不过，当地人士有一种最有效也最简单的识别方法：其他鳊鱼有 13 根肋骨，而武昌鱼却有 14 根！

毛泽东不但爱吃武昌鱼，还以武昌鱼招待外宾。20 世纪 60 年代，他招待英国元帅蒙哥马利时，就特意吩咐厨师做了一道清蒸武昌鱼。

1972 年，周恩来总理宴请访华的美国总统尼克松时，他指着一道清蒸武昌鱼向客人介绍说，这种鱼叫武昌鱼，不仅味道鲜美，将鱼刺泡在水里，每根鱼刺能冒出九种油花！他还让服务员取来一杯温水，将武昌鱼刺泡在水中，果见杯中有油花冒出，令客人们大开眼界。

　　过去，武昌鱼靠自然繁殖，产量极少，中科院首次在梁子湖人工繁殖成功，解决了鱼种来源。当地还出了一位农民出身的"武昌鱼博士"，武昌鱼得以大面积养殖。如今，武昌鱼已成为寻常百姓家的桌上佳肴。每年十月，梁子湖畔都要举行武昌鱼国际文化节。许多人临走时手里提着一盒武昌鱼，上面印着一尾活灵活现的武昌鱼，还印着毛泽东《水调歌头·游泳》的手迹。这种神奇的武昌鱼便从车站、码头和机场，游向了大江南北，游向了世界各地。

　　武昌鱼是一道佳肴，更是一种文化。

扬子寻白鹭

我不知道，长江两岸到底有多少城镇和村庄，到底有多少故事和名胜。我只知道，那里有一个美丽的梦。我的梦不在繁华的闹市，不在淳朴的村舍，不在诗词歌赋里，也不在屏幕和镜头上。我的梦，是一只白鹭，她在一个寂寞的沙洲上。

是这只白鹭衔走了我的梦？还是我的梦化成了这只白鹭？我一直都想寻她回来。可她飞进了水天相接处，飞进了缥缈虚无中。令我惆怅，也令我深深地思恋。

记得小时候，我从大人们的口中，知道中国有条扬子江。江南岸，是南方；江北岸，是北方。我问，那么江中间呢？大人们笑了。他们说，江中间有一些会跑的沙洲，三十年河东，四十年河西，所以，既不算北方，也不算南方。我又问，上面有人吗？他们说除了白鹭，什么都没有。于是，晚上我做了个梦，梦见了一只白鹭，我伸出手去触摸，她却飞走了……

也许是命运的安排吧，当我刚刚步入社会，便从东海之滨来到了一座江南古城。我生活在江南岸，也常因工作需要乘轮渡到江北去，可以说是日夜厮守在长江岸边。这样，便对长江产生了浓厚的兴趣。白天，我爱坐在护堤林中冥想；夜晚，我爱独自在江堤上漫步。觉得长江既是条闪光的天河，又是只白鹭悠悠飞过时留下的一条不泯的轨迹。

这条轨迹，将久远留在我的心底里，直到我的记忆和生命同时化为乌有。不，就是化为乌有，这条轨迹也将永存，地久天长……

那天我要去江北的一座古镇，但唯一的一条轮渡因主机故障而暂时停航了。听一位卖茶的老者讲，在郊外的芦花渡有只摆渡船。于是，我便随着三位急于过江的旅客来到了渡口。离岸半里许的江水中，有一狭长的苇丛沙洲，洲旁泊着只小木船，两把桨斜插在船舷边。

"过渡喽！"同行的一位旅客，朝沙洲方向大声喊着。

真灵，只见苇丛中闪动了一下，走出了一个红褂绿裤的小女子，她跳上小舟，那船儿便剑也似地划了过来。

因为乘客需凑足八人，我们便在船板上坐等。这船家女最多有十三四岁。她打着赤脚，肤色黝黑，一条长辫垂在背上。她用一双又大又亮的眸子望了望我们，又朝岸上瞅了会儿，便掀开船头的一块船板，从里边抱出一只鸽子大的小白鹭。她把它放在膝盖上抚摸着，又用手指帮它梳理着洁白的羽毛。"大概没有人来了。"一位干部模样的人似乎有什么事，显得有些焦急："不就是少收四角钱吗？"

那船女白了他一眼，依然逗着她的小白鹭。

我说："开船吧，按八个人付钱就是了。"我怕拖长了时间，当天回不到江南岸。

她不甚情愿地将小白鹭重新放进舱里，盖上船板，站了起来。

小船很平稳。她的两支桨像剪刀，剪开了层层微浪，顺利到了北岸。她跳下船，抛了锚，又用双手扶住船头，乘客们每人放下一角钱，便陆续上岸走了。我是最后离船的，便掏出伍角钱，也下了船。

我走远了，忽然听到她在后面喊我："喂，等一等。"说着，跑过来，退给我四角钱。看我不解，她又说："您不用替那些小气鬼多垫船钱!"

我不知所措。

"您不是本地人吧?"

我说我的家乡在东海旁边。

"是坐大轮船来的吗?"

我点了点头。

她接着问了一连串问题,如:大城市里有冰棒吗?冰棒很甜吗?三伏天怎么能结冰?大城市有没有白鹭?女伢们穿裙子吗?

我尽自己所知道的,都告诉了她。她眨着一双带有稚气的大眼睛,听得很认真。

一艘轮船从下游驶过来,像一幢漂浮着的大楼。她久久地望着,右手还下意识地扭着显得有些太紧身的打了补丁的红裙子。

我想,大约她从来没吃过冰棒,没乘过江轮,也没穿过裙子,更没到过宁、沪等城市,她只有一只小白鹭。

我完成任务以后,又回到了江边。夕阳悬在江面上,江面上撒了一片耀眼的碎金。帆影变的极淡,淡得若有若无。洲上有几只翻飞的白鹭,竟淡得几乎透明了。我知道不会再有渡船了,好在江边不远有一家小旅店。于是,我便躺在如茵的堤坡上,任晚霞和微风在我的脸上流淌。

有什么在我的鼻子上爬。我睁开眼,蓝天下有一张稚气的脸,脸上满是稚气的笑意。我吓了一跳,连忙翻身坐起来。她却笑得弯了腰,把那只小白鹭塞在我的怀里。

"走啊,我渡你过江。"说着,她拉着我就走。

我望着她在晚霞中划桨的身影,心想,这船家女太单纯了,就像那只小白鹭。

她忽然回头望了望我,问道:"你是干什么的?"

我说,我是搞宣传的,收集故事,是我的业余爱好。

她不笑了,用一双好奇的大眼睛看着我。

上了岸，我拿出一块钱。

"您太看不起人了！"她用上牙紧紧咬着鲜红的下唇，把小白鹭放在面颊上摩擦着，睫毛上挂了两颗晶莹的露珠。

"你，你不要船钱？"

"就是不要您的！"看我站在堤上发呆，她噗嗤一声又笑了："只要您常坐我的船，给我讲故事就行。"

我也笑了。也许这也是一个故事？

我失信了。三年以后，我又到了芦花渡。但是，却没有找到那只小船，连那个狭长的沙洲也消失了，只是在江北岸的水面上出现了一片灰黑色的沙滩，上面没有芦苇，也没有白鹭，只有一片荒凉。

一位在江边补网的大嫂告诉我说，三年前的一个汛期，她的渔船在沙洲旁避风。傍晚时分，一个小女子从芦苇丛中跑出来，手里还提着一只竹篮子，篮子里有七八只刚刚出壳的白鹭。她把竹篮子交给她，让她快离开，因为沙洲开始崩塌了。她还说，有一只小白鹭还没找到。说完，从舱里摸出一个手电筒，又朝芦苇丛跑去了。

她将渔船划到南岸，坐在堤上等那个小女子。那一夜，好难熬哟。闪电中，看到满江的大浪头，像一群发了疯的野兽，朝沙洲扑去。成片成片的芦苇在漩涡里打了个转，就不见了。蓦然，有一条大轮船从上游开来，渐渐逼近了沙洲，而洲上却是一片漆黑。这时，忽见沙洲上亮了一下，像一把剑，把黑夜劈成两半。轮船拉响了汽笛，把船头向江心偏了偏，贴着沙滩开过去了。

天终于亮了，那沙洲不见了。那小女子和泊在沙洲旁的小船也不见了，只有满江奔跑的野兽。

说完，她撩起衣袖擦了擦眼，问道："是不是随轮船走了？"

我望着从天际间奔来的不尽长江，没有回答。但我心里在说，她是随着那只小白鹭飞走的，不过，她还会回来的。

二十年来，我的那个美丽的梦，总是异常的清晰，那只小白鹭，也总是长不大。那个在一夜之间消失了的沙洲，像个淘气的孩子，又悄悄回来了，上面的芦苇青翠欲滴。

我站在江堤上，回味着平生遇到的一些人和事，回味着苏轼"拣尽寒枝不肯栖，寂寞沙洲冷"的蕴意，心头在隐隐地作痛。一抬头，看到沙洲的航标灯架上，立着一只小白鹭。它羽毛似雪，全身如玉。

也许，这就是那位船家女抚摸过的小白鹭？

第一辑 寒溪漱玉

庾楼断想

到江南之前,我就认识了庾楼,不过不是亲眼所见,而是从李白和白居易的诗中。正因为如此,我心目中的这座古楼,便有了一些诗人的飘逸,还伴有一丝游子的忧怨。

40多年前,当我真正看到它,并一步一步走近它时,原先的飘逸和忧怨都一下子消退了。我发现,站在我面前的,竟是一位似在哪里见过但又一时记不起来的老者。它粉墙布瓦,朱栏青砖,虽不华丽高大,但却拙实、质朴,他骑街而立,默默地望着从它面前匆匆而过的行客们。

我沿着古砖砌成的台阶拾级而上时,发现庾楼竟是一段凝固了的历史,被人遗留在长江之滨。那段岁月中的一些人和事,以及由他们演绎出来的故事,一定还会秘藏在这座苍凉的庾楼之中!不过,这要耐心拨开岁月的尘埃,还要抛开世俗的偏见!

楼以人名,可见彼时人们对庾亮的认可。在这之前,我只知道庾亮是东晋一位重臣名将。据史书载,他容貌英俊,善于谈论,气度峻整,动由礼节,喜好《老子》、《庄子》,在晋元帝时,历任丞相参军、黄门侍郎、散骑常侍等要职,被封为都亭侯。明晋帝时因讨平王敦叛乱有功而封为开国公。

他还联合温峤推陶侃为盟主,平定了苏峻等人的叛乱,诏为平西将军、征西将军和江、荆、豫三州刺史,其治所就在今天的鄂州。不言而喻,庾亮是位为东晋王朝立下汗马功劳的三朝元老!

庾亮曾在鄂州镇守八年。县志上说,他镇守鄂州时,"崇修学校,高选儒官","坦率行已,招集有方,政绩丕著"。也就是说他德行可嘉,政绩显著,是个颇得人心的封疆大吏。不过,我又从其他书籍中也看到庾亮的另外一面。这要从南京秦淮河畔的乌衣巷说起。

孙权从武昌迁都建业之后,保卫京都的警卫卫队驻扎在秦淮河一带。因士兵们的军服是黑色的,当时称为乌衣,其驻军的营地便被称为乌衣巷了。

乌衣巷之所以名贯古今,与王导、谢安两大士族有关。"王家书法谢家诗",指的就是乌衣巷。书圣王羲之就是从乌衣巷里走出来的,因为王导是他的伯父。

王导和庾亮都是东晋的执政重臣。东晋的首任宰相、开国元勋就是王导,其堂兄王敦因功封为镇东大将军后,率兵造反。王导大义灭亲,受诏为锋前大都督前往征伐,战后被诏为太保兼领司徒,威高日望。晋成帝即位时只有5岁,他受遗诏与庾亮等人辅佐幼帝。当时,庾亮的胞妹庾太后临朝称制,朝政取决于庾亮。而王导则善于权衡利弊,处事策略灵活,政令宽和,深得人心。他与庾亮共同辅政时,遇事多退让庾亮主持。庾亮独断专行,军国重事皆一人裁决,将王导晾在了一边。

有个叫苏峻的历阳内史,因握有重兵而有反叛之意,庾亮不听群臣劝谏,执意征召苏峻入朝。王导认为都城空虚,应审慎为是,以防不测,但庾亮不听。苏峻得知后派人与庾亮商量,又上表请求调往青州。庾亮不为所动,仍催促苏峻入朝。苏峻忍无可忍,联合豫州刺史祖约起兵讨伐庾亮。庾亮败走寻阳,京城沦陷,百官逃散。亏了王导急驰宫中,抱起幼帝登上了太极殿,命将士簇拥着幼帝,苏峻平素十分敬重王导,未敢加害。

庾亮因一意孤行而激起苏峻造反,便向成帝谢罪并请辞职。

成帝说，这是社稷的危难，责任不在舅舅。庾亮后来奉诏镇守芜湖。

　　王导60岁时，官拜太傅，但由于手足有疾不能上朝，成帝便亲至乌衣巷宅第。遇有要事，必令乘轿入殿，赐座案侧。这样的待遇和荣耀，令庾亮心中不服。他给太尉郗鉴写信，要他做内应，自己为外援，共同清君侧，以除掉王导，但郗鉴不为所动。有人将此事报告了王导，要他提防。他却说："我与元规（庾亮）谊同休戚，当无异心。果如君言，我便角巾还第，有何畏惧？"磊磊气度，胜过庾亮。

　　不过，庾亮虽然与王导不和，但却十分器重他的侄儿王羲之，他任征西将军时，让王羲之做他的参军。据说王羲之在鄂州生活了6年，书艺大有长进。庾亮临终前曾向皇上上疏，推荐王羲之，说他"清贵有鉴裁"。后来，王羲之先后被任过宁远将军、江州刺史、护军将军、右军将军、会稽内史。

　　有一位故人不得不提，这就是当年陪同庾亮在楼上赏月的殷浩。殷浩是王羲之的挚友，史书上说，殷浩任扬州刺史时，曾两次上疏请求北伐中原，王羲之深知殷浩是个清谈家，缺乏军事指挥能力，便两次写信劝阻。后人将王羲之的劝阻书信称为"东晋君臣良药"而载于青史。史书上说，庾亮坐在胡床上与部属们说笑吟唱时，殷浩在场作陪。但没说王羲之是否也在场？若在场，他必会挥笔作书，若作书，其墨迹必会留在楼上，这是庾楼之幸，也是鄂州之幸！但是，庾楼没有，鄂州也没有！是被上司或同僚们当场取走了？还是被风吹落了？要不就是被兵火毁了，或被风雨损了？也许，他当时不在场，或者在场因未备笔墨而作罢？不论是何种原因，总之都是一种憾事，后人无法弥补。

　　登楼之后，临窗远眺时，忽又想起了长江上下的另外两座与庾亮有关的古楼。

　　黄庭坚在崇宁三年（1103年）曾写了一首《鄂州南楼书

事》，他书的何事并不重要，重要的是给真正的鄂州南楼（也就是鄂州的这座庾楼）带来了诸多麻烦：那是北宋时建在蛇山上的一座南楼，也叫庾楼，而绝非是孙吴建在帝都武昌城中的南楼！虽不能说有鱼目混珠之嫌，但可谓是晋为宋用了！

无独有偶。白居易也有写过一首诗，题为《庾楼晓望》。这首律诗写的是九江的庾楼，此楼是庾亮镇守江州时所建。当年诗人因得罪了权贵而贬为江州司马时，他登上庾楼远眺山川城郭，思乡之情油然而生，才道出了"三百年来庾楼上，曾经多少望乡人"的感叹！不过，在鄂州编选的一册诗集上，注明此诗是唐人王贞白所作。不知武汉和九江编选诗集时，是否也会将李白的诗收进去？不过收进去也无不可，只是有个注释便好。也许这就叫爱屋及乌？

走下庾楼之后，我沿着大街朝前走着，心中便生出了一种莫名的惆怅。我想，在庾亮楼里，虽然看不见当年的断剑残簇，但一定还有金戈铁马的影子和永不示人的疑团，只是因了我的浮躁而难以见到和听到罢了。

当我再回头望时，见庾楼无声地站在夕阳里，冷冷地望着那些为名而来和为利而往的行客们从楼洞下走过。渐渐，我眼前的庾楼幻化成了一方已经褪了颜色的石碑，石碑上的龙蛇依然生动鲜活，引得一代又一代的人前来解读，读的津津有味。

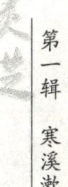

隐秘的古剑

一

我平生爱剑,尤爱古剑。

每次去苏州,我总会在虎丘山上逗留大半日。不仅仅是欣赏那座已经倾斜的虎丘古塔,更令我好奇的,是古塔下面的那个秘不可知的空间——吴王阖闾的墓葬。传说他爱剑爱到了痴迷的程度。他死后,其子夫差将他生前收藏的 3000 把精美的宝剑,全部殉葬于墓中了。

他死后三日,墓中宝剑的精气化为了一只白虎,伏在一座小山上,故而才有今天的虎丘山之名,而山上的虎丘塔,则是虎尾。

又据说因虎丘塔耸立于上,吴王墓在下,所以吴王墓至今未能发掘。

世人都想知道,那墓中是否真的有 3000 把宝剑?又都是一些怎样稀奇的宝剑?它成了一个尚未解开的千古之谜,不知何时才能解得开。

当然也有人知道,只是他们都不能开口说话了。在虎丘山的洗剑池旁边,有一块平坦的巨石,叫千人石,当年为吴王造墓的上千位工匠,在墓成之后,被夫差杀戮于此,以保守墓中的秘事。

　　我站在一块断裂了的巨石——干将试剑石旁边，蓦然想起了另一块断裂的巨石——鄂州西山之巅的吴王试剑石。

　　这两块试剑石有相似之处，即都是作试剑之用，又都被利剑劈裂。但也有不同之处：虎丘山的试剑石，是春秋时期铸剑大师干将所劈，鄂州西山的试剑石，是三国时期孙权留下的。

　　两块试剑石虽都在山上，但山也不一样，虎丘山虽然名声很大，但它实在太小了，小得难以称得上是山，因为它只有40多米高，且周围也不大，只能算是一个稍高出地面的小土丘而已。但苏州人太聪明了，简直把虎丘山打理到了极致。说是"先见虎丘塔，晚见苏州城"，还让它成了苏州的标志和许多苏州产品的商标图案。似乎山上的山石树木和每一座建筑，都会演绎或凄美或悲壮的故事，惹得天下之人一拨一拨地前往寻觅。不过，人们更感兴趣的是吴王墓中那些宝剑，尤其是那把名曰"鱼肠"的宝剑。因为那把宝剑刺杀了他的政敌，他才夺得了吴国的王位。

　　相比之下，鄂州人就不如苏州人精明了，就以城外的那座西山来说吧，它既比虎丘山高，也比虎丘山大，且在大江南岸拔地而起，气势不凡。上不但有九峰、六谷、七泉、三池还外加一个湖泊；还有，当年孙权在武昌称帝时，在山上建有避暑宫、读书堂、即位坛、吴王井等遗迹；元结、苏轼、黄庭坚等还在山上留下了众多的墨迹和轶事。我觉得，西山并不亚于虎丘山。

　　就以山上的试剑石而论，西山更有自己的特点。孙权不但在山上试过自己的宝剑，还命人铸过剑，而且数量颇多。他为争夺天下，将当年的鄂县（今鄂州）命名为武昌，并定武昌为都城，还从建业（今南京）大量移民来武昌，利用武昌丰富的铜铁矿源发展自己的工业。此事在《古今刀剑录》上有记载："吴王孙权以黄武五年（226年）采武昌铜铁，做千口剑万口刀。"七十年代初，我曾参加过一次矿山大会战，会战指挥部设在汀祖的一

所中学里，旁边就有古人采矿时留下的规模巨大的铜坑和铜灶，我在一个小树林中看到过大量灰绿色的琉璃状石块，据说就是古人炼铜时留下的矿渣。不过，孙权打造的刀剑大都装备了他的军队，至于他随身携带的宝剑，应是能工巧匠们精心铸造的剑中珍品。

虎丘山上有一泓清冽见底的池水，旁有石刻："虎丘洗剑"。据说是吴王的洗剑之池。无独有偶，西山试剑石旁边的树林中，也有个洗剑池，池水终年不涸。据说是孙权洗濯宝剑时留下的。在西山东麓的椅子山上，还有一处"吴王铸剑庐"，传说是孙权命人铸剑的遗址。这种遗址在虎丘山并未发现。这是否能说吴王的宝剑是在别处铸造的，而孙权的宝剑却是在武昌西山上铸造的呢？

还有一个疑问，吴国和越国君臣们的宝剑已出土不少，现陈列于各地的博物馆中。孙权既然铸造了不少宝剑，尤其他钟爱的宝剑，为何至今未见到任何蛛丝马迹呢？

二

古时，人们把作剑的人看作是圣人。古籍上有"黄帝作剑"之说，还有蚩尤作兵"之说。兵，即兵器，也包括剑在内。其实，最早的剑是"以石为兵"或"以玉为兵"。这些剑的剑柄大都挖空，成为环形，以便用于握持。当进入青铜时代，先民们掌握了青铜冶炼技术之后，才出现了青铜剑。《山海经·中山经》上说：伊水西二百里有座昆吾山，此山出名铜，色赤如火，以之作剑，切玉如割泥。由此可知宝剑的锋利了。但真正登峰造极的宝剑，却是吴越一带铸造的宝剑，尤其是那些王者之剑。

当时的吴国和越国均僻居东南，国小势弱，至春秋中后期才渐渐强盛起来。而吴越的国君又都十分器重宝剑，如吴王阖闾和其子夫差、越王允常和其子勾践，他们的宝剑剑名见诸于战国和汉代人的著作中，也见诸于后世出土的实物。仅解放后出土的吴王宝剑就有九把，越王宝剑有八把，其中吴王阖闾的"吴干"，夫差的"独鹿"，越王允常的"湛卢"，勾践的"步光"等都是剑中极品。湖北江陵曾出土过一把越王勾践剑，经无损检测，其合金比例非常科学、合理，剑刃部分含锡较多，因而坚硬锋利，剑体部分含铜较多，故有韧性，不易折断。剑身有黑色变形花纹，晶光熠熠，上面刻有"钺王鸠浅（勾践）自乍用鐱（剑）"八个篆字，看上去确有"浑浑如水之溢于塘"、"焕焕如冰释"的感觉。此剑虽深埋地下2500多年，但依然寒光闪闪，锋利无比！

　　吴越的王者之剑，是否真的出自那些铸剑大师之手呢？此事虽未见到论证的文章，但吴越的铸剑大师的名字和他们的传奇故事，却一直活在古籍和民间传说之中。

　　古吴越人以勇武好剑而著称。《汉书·地理志》载："吴越之君皆好勇，故其民至今好用剑，轻死易发。"此风使得铸剑之业得以发展，因而便出现了一些顶尖级的铸剑大师，最早的铸剑大师是欧冶子。

　　越王勾践曾请他铸成了"湛卢"、"纯钧"、"胜邪"、"鱼肠"、"巨阙"五把宝剑，有一日，他向相剑专家薛烛说，有客想买"纯钧"，出价是"有市之乡二，骏马千疋，千户之都二"，你看如何？薛烛说，不可，我听说大王当初造此剑时，山破而出锡，溪涸而出铜，雨师洒道，雷公鼓风，蛟龙捧炉，天帝装炭，太乙下观，于是欧冶子因天地之精气，才造成此剑！此剑只有大王才可佩带！

　　这是一种传说，其实，人间并无欧冶子其人。在古代，区、欧互通，冶是工匠，子是一尊称，是指善造宝剑的区越冶剑工匠，后来便衍化成善于铸剑的欧冶子了。

干将和莫邪既是宝剑之名，也是铸剑大师之名。在民间，干将和莫邪的故事十分动人，吴人干将与欧冶子同师学艺，皆善铸剑，其妻莫邪也善铸剑。吴王阖闾命干将为其铸剑时，干将采五山之铁精，六合之金英，候天伺地，阴阳同光，百神临观，但炉中金铁不熔。

莫邪对干将说，你以善铸剑而闻名，今为大王作，为何三月不成呢？

干将说，他的师傅作剑，有一次炉中金铁不熔，夫妻俱入冶炉之中，金铁便熔化了。

莫邪听了，便剪下自己的头发和指甲，投入炉中，让童男童女三百人装炭鼓风，终于熔化了金铁，制了阴阳两把宝剑。阳剑纹理类似龟纹，取名干将；阴剑则是漫理，取名莫邪，他们将阳剑藏匿起来，将阴剑献给了阖闾，阖闾极为珍爱，但他却把干将杀了！

后来，又演绎出了干将、莫邪之子赤化为父报仇的故事。鲁迅还以此传说为素材写了《铸剑》一文，不过故事发生在楚国，干将、莫邪之子成了眉间尺，吴王成了楚王。

按理说，孙权在武昌铸造宝剑，不论数量和质量，都应胜过吴越之王的宝剑。其理由是：其一，孙权迟于吴越之王约七百年，当时的铸剑工艺水平早已超过了他们，其二，武昌不但产铜，而且产铁，就在试剑石的下面，乃至整座西山下面，蕴藏着极为丰富的铁矿石，地层浅，易露天开采，随着冶铁技术的使用，铁、钢合金或以纯钢打造的宝剑，远远胜过铜剑，尤其是那种反复折叠、锻打的钢剑，其硬度、韧性和剑刃的锋利，都是铜剑无法能比的。再说，孙权称帝后，从建业迁来的千户人家，是当时的贵族或大的家族，他还从他的老家征召一些冶炼钢铁和铸造宝剑的能工巧匠，其中有没有欧冶子或干将、莫邪的后辈或传人，就不得而知了，但他和刘备、曹操一样，都曾命人为自己打制过宝剑。此事史书上确有记载，曹丕在《典论》中说，"建安二十四年……造百辟宝剑"。百辟及百炼，意指反复加热、叠锻，故而称百炼之钢。所以我才说，孙权在武昌打造的宝剑，不但数量多，而且也一定比吴越的王者之剑更为锋利和精美。可是，孙权打造的那些宝剑都在哪里呢？会不会像阖闾那样，将它们藏匿在西山的某个洞穴或某处岩石下了呢？要不就是随他葬在了他的墓中？

三

剑，是兵器，也是文化。

在古代，剑不仅用于战争或格斗，也作佩饰之物。春秋战国时期，贵族带剑已成为时尚，贵族男子带剑是成年的重要标志。《史记·秦始皇本纪》中记载，秦王成年亲政时，有"乙酉，王冠，带剑"的描写。《楚辞·涉江》中有"带长铗之陆离兮，冠切云之崔嵬"。铗，即剑，陆离，是说装饰绚丽，切云，是高冠之名。著冠带剑，是当时贵族的普遍装束。因为剑既可防身，又能显示尚武精神。《史记·秦本纪》记：秦国将官吏带剑作为了一种制度。汉承秦制，也规定官吏带剑。《晋书·舆服志》载："汉制，自天子至于百官，无不佩剑。"隋朝舆服制度中，就有佩剑的规定：一品佩玉具剑，二品佩金装剑，三品佩银装剑，侍中以下佩象剑。在贵族之外，还有介乎于平民和贵族的"士"，也都身带宝剑，经常出入王侯之门，活跃于上流社会。齐国贵族孟尝君收留的那个冯谖，他身无长物，唯有一把宝剑，他弹剑而歌：

长铗归来乎，食无鱼，
长铗归来乎，出无舆，

长铗归来乎，无以为家。

这就是当时的"士"。

还有一种带剑的士，他们投身豪门，忠于主人，像战国时的著名侠士聂政，"仗剑至韩"；还有敢于冒死行刺秦王的荆轲。他们有时又称为游侠或剑客，均仗剑而行。唐代的李白，他任侠喜剑。年少时曾习练过剑术，其诗有"顾余不及仕，学剑来山东"之句，后又"仗剑去国，辞亲远游"，还写了一首《侠客行》：

……十步杀一人，千里不留行。
事了拂衣去，深藏身与名。
闲过信陵饮，脱剑膝前横……

当年以鱼肠剑刺杀吴王僚的，就是剑客专诸。伍子胥为帮助公子光夺取吴国的王位，将一把"鱼肠"剑交给了剑客专诸，让他行刺吴王僚，专诸先去太湖学习烹饪之艺，善于做炙鱼，而吴王僚又特爱享用炙鱼。专诸去为吴王僚送炙鱼时，要脱光衣服进行检查，然后才可送进宴会的大门。当他将炙鱼托到吴王僚面前时，突然从鱼腹中抽出一把短剑，以迅雷不及掩耳之势将剑刺入了吴王僚的胸口，剑尖刺穿了吴王僚的两层甲衣！吴王僚当场命绝，专诸亦被卫士杀死！政敌已除，公子光便成了吴国的国君。

刺死吴王僚的宝剑，就是阖闾的那把"鱼肠"！

据说，吴王僚死后葬在狮子山上，和虎丘山遥遥相望，有"狮子回头望虎丘"之说，说吴王僚死不瞑目，日夜怒视着虎丘山上的阖闾之墓，还有那把夺他性命的鱼肠剑。

在历代帝王中，乾隆帝爱剑爱得极深。他曾命内务府为他打造了30把宝剑，耗时十余年！那些御制宝剑每把长约三尺，重23至31两之间，皆以精钢精工炼制而成，装饰也极其豪华，剑身上用金、银镶嵌出或龙凤或山水或星辰图案，古雅庄重，华丽精美。平时置于特制的楠木箱中，只在重大庆典时才会佩带。虽已有200多年，但仍寒光逼人，光亮夺目。他的这些宝剑虽然极其名贵，但名气却难以同吴越的王者之剑和孙权的武昌之剑相比，原因是它没经历过人世间的种种磨难，是"养在深闺人未识"，更重要的是它少了一块苏州虎丘山或鄂州西山的试剑石。

四

我虽爱剑，但却总说不清其中的缘由，是古籍或古人给了我某种灵感？

少年时，我曾有种憧憬：在自己书房的案头燃着一炷清香，墙上挂着一把宝剑，读书读倦了，便抽出剑来把玩一会，定然会精神焕发，豪情满怀！

如今，谁若还有这种念头，会被人看成是迂腐、落伍。时下年轻人的卧室、书房或客厅的墙上挂着一个西方帆船的舵轮，或一个带有双角的牛头骨，这也是一种时尚。

三十年前，我因事去了鄂州的小铜山铁矿，午睡时忽被人推醒了，原来矿工放炮时炸出了一对铜菩萨，说是要送到供销社换糖吃！我连忙阻止了他们。原来这是一文一武两尊铜像，每尊高二尺，文官雕像的底座已被炸掉，那尊武官铜像却完好无损，造型古朴，栩栩如生，后来通知文物部门取走了，据说这两尊铜像是被人埋在山上的镇矿之神。

有个民工告诉我，他在山坡上挖渠时曾挖到过一把二寸宽的古剑，古剑浑身生着绿毛。他用锄头去挖时，竟断成了三截。我问古剑现在哪里？他说，因不是黄铜，不值钱，他随手扔了。

扔在了何处？

他摇了摇头。

我不知道那是哪个朝代的铜剑，也不知是何人用过的铜剑，只知道一把带着远古信息的古剑就这样和我擦肩而过了！

还有一事让我疑惑：现在我们能见到的出土古剑，不论是夫差父子的还是勾践父子的，它们不是出自吴国或越国的古墓，而是在吴越之外的地方出土。我想，除了吴越之王将宝剑赠赐子弟、大臣和外邦使节之外，还是否与战争有关呢？

越王勾践灭吴，吴王夫差自杀，他的那些宝剑和他的嫔妃、财物便成了勾践的战利品。后来，楚国灭越，越王的宝剑和他的嫔妃、财物又成了楚军的战利品，甚至连当时的名工巨匠也被掳往了楚国，这些精美的宝剑便成了楚国王室或贵族们的把玩、收藏之物，他们死后，宝剑便随葬于墓中了。在楚都江陵的楚人墓中，出土了一把越王勾践的铜剑，湖北省的蔡林坡出土了一把吴王夫差的铜剑，山西峙峪出土了一把吴王光（阖闾）的铜剑，湖南益阳出土了一把越王朱句的铜剑，河南淮阳、安徽南陵、河南辉县、山西榆社、山东沂水等地都发现了吴越的王者之剑。这些古剑上有的刻有他们自己的名，如"越王州句，自乍用剑"，有的文字达34个之多。孙权命匠人到底为他铸造多少宝剑？它们都叫什么名字？当他从武昌迁都建业时，那些宝剑是否也随他去了石头城？他死后葬于蒋陵，那些宝剑是留在世上？还是随他埋入了地下？此事未见记载的古籍，世人至今不得而知。

也许若干年后的某一天，一次考古新发现让人惊喜不已，因为人们终于发现了一把当年在武昌铸造的古剑，也就是孙权在西山劈开试剑石的那把宝剑！

不过，这需要耐性，也需要想象力。

苏轼的追星族

当今的歌星、影星、球星们，都有自己的追星族。追星族们每逢见到自己崇拜的明星时，便会激动不已，欢呼，尖叫，献花，流泪，飞吻，拥抱，签名，有的甚至甘愿为自己的偶像去跳楼，投河！更多的时候是如疯如狂地堵截、追随星们，以至于需动用警力去维持秩序。现在又有长进了，名称也变了，叫粉丝，粉丝们的追星就更上档次了，有的统一着装，统一口号，统一行动，跟着星们满天下去赶场！

其实，追星并非是眼下少男少女们的专利，早在北宋时的苏轼，就有不少追星族，他们中既有朝廷的官员，也有在野的绅士，以及布衣学子和民间妇孺们，甚至还有寺院的僧人和风尘歌妓。有一次，苏轼还与追星族面对面的交流过。

宋熙宁四年（1071年），苏轼因与执政的王安石在政见上有分歧受到排斥，被派调杭州通判。其实这也遂了苏轼的心愿，一是远离了京都的喧哗和争斗，二是可尽情享用西子湖的秀丽风光。

有一天，苏轼受友人刘贡甫之邀去游览西子湖。此际正值初夏，又刚刚下过一场不太大的雨，雨过天晴。初绽的荷花在碧波中轻轻摇曳着，成片的荷叶上滚动着珍珠般的水珠，彩船画舫从身边掠过，留下了一阵婉转的丝弦之声。游了一会，小船停泊在湖心岛旁，一行人走进了一座凉亭歇息，主宾们一边品茗，一边欣赏湖光水影。

这时，一只小船向湖心岛划来，系好船缆之后，从船舱走出一位端庄、文静的少妇，少妇向亭中施礼之后，轻声问道，哪位是苏轼先生？

苏轼听了，十分诧异，她是谁？为何寻找自己？是不是为狱讼之事来找他的？因为狱讼之事归通判处理。为了不失礼仪，苏轼连忙站起来，说道，在下便是苏轼，请问找我有何事？

少妇听了，脸上露出了笑容。她款款走到凉亭的台阶上，向苏轼施一礼，诉说了自己来访的目的。她说她是钱江人氏，幼时便听说了苏轼这个名字，稍大一些便对苏轼的诗词产生了浓厚的兴趣，每得到一首，便工工整整的抄录下来，已珍藏了数百首之多。由于十分敬仰苏轼，她心中便有了一个天大的心愿：企盼有一天能亲眼见到苏轼！也许还会和他结下一段情缘呢。她默默地等待了十多年，却一直未能如愿。后来年龄大了，她出嫁了，便将这一愿望藏在了心底。前不久她听人说苏轼已到了杭州。她想，再也不能失去这个机会了，又打听到苏轼游览西湖，她便乘船匆匆赶来了。

说完了，她的脸有些绯红。由于她说得十分坦率，也十分认真，亭子中的人都有些感动，大家转头望着苏轼。

苏轼问她叫什么名字？家在哪里？她说，她的名字、身份、住所都不重要，令她激动的是终于见到先生了，她的心愿也就了了！说完，她低头沉默了一会。当她再抬起头来时，脸上虽挂着笑容，但眼眶里已有了晶莹的泪花。

苏轼的阅历虽多，但也没经历过这种场面，有些不知所措，笨拙地问了一句：我现在能为你做些什么？

少妇说：我想为先生弹奏一曲《秋扇吟》，不知先生是否愿听？苏轼连忙指着身边的人说道：弹吧，我们都想听呢！

少妇向船上招了招手，一名侍女送来一把古筝。少妇坐在凉亭的凳子上，调了琴弦，便熟练地弹奏起来。古筝的音色很好，但音调中有一种化解不开的哀怨和惆怅。曲子弹奏结束之后，少妇收起古筝，迳直朝自己的小船走去。

苏轼忽然想起了什么，连忙喊道：请留步！

少妇停住了脚步，转身望着苏轼。

苏轼对她说，他想送她一首词。少妇听了连忙回到亭子里。

苏轼望着雨后的西子湖，湖风拂人，晚霞耀眼，满湖的荷花引来一对白鹭。他慢慢回味着那首《秋扇吟》。曲中饱含的情意是在向谁倾诉？当云烟散尽时，他似乎看到潇湘飘然而来。他还没来得及问她们，她们的倩影已经看不见了，只留下远处的几座青山。苏轼已经有了腹稿，提起笔来，写下了一首《江城子》：

凤凰山下雨初晴，水风清，晚霞明。一朵芙蓉，开过尚盈盈。何处飞来双白鹭？如有意，慕娉婷。

忽闻江上弄哀筝，苦含情，遣谁听！烟敛云收，依约是湘灵。欲待曲终寻问取，人不见，数峰青。

写完之后，他又从头至尾看了一遍，才小心翼翼地折叠起来，递给了少妇。少妇双手接过，向苏轼深深地施了一礼，然后转身离去。当她临登船时，又回头朝苏轼深情地望了一眼，不一会，小船飘然而去了。

望着渐划渐远的小船，苏轼若有所失。

苏轼无疑是当时最耀眼的文坛明星，这位不知名的少妇崇拜他亦在情理之中。她的追星方式虽没有新潮追星族那么狂热和花样百出，但她坦诚、文雅而又不失礼性，终于赢得了偶像的认可，她的心愿也终于实现了。

谁也不知道那位少妇是从何处来的？又去了何处？但我知道，她一定会将那首《江城子》放置在自己心灵的最高处，默默地吟诵，也默默的顶礼膜拜。

寻找望夫石

西山采灵芝

有友人来访，我陪他去游览西山。在进山的路上，他忽然说，唐代诗人王建的那首《望夫石》，写的就是鄂州西山的一块人状石头。他执着要去看看，问我望夫石在什么地方？

我告诉他，望夫石已经不见了。

他有些愕然，问道，真的不见了？

我点了点头。

他的声调里有些惋惜，也有些愤慨。他说，在中国，许多地方都有望夫石、望夫山、望夫台，但真正的望夫石其实就是在鄂州的西山上！

王建的《望夫石》是这样写的：

望夫处，江悠悠。
化为石，不回头。
山头日日风复雨，
行人归来石应语。

这首小诗写了一个凄美的民间故事：

在遥远的年代，有位年轻的女子，丈夫被征去了边塞，一直没有消息，她便天天站在江边的山头上，等呀，望呀，盼望着丈夫从远方归来。许多年过去了，丈夫仍未归来。她坚贞不渝地站在那里，最后竟化为一尊石人！化成了石人的女子，一直保持着翘首盼望的姿态。

王建的这首诗虽平淡、质朴，但却感人肺腑。诗中的石人似有生命，有灵性，有感情。悠悠不绝的江水，融进了悠悠不绝的相思和眷恋。她该有多少话要向归来的丈夫倾诉啊！当丈夫归来时，石人还能说话吗？

这位令人同情的石人到底在哪里呢？

据史籍记载，望夫石的故事起源于湖北武昌西山附近。当时的武昌，即今天的鄂州，而鄂州西山就是石人的故乡！

令人遗憾的是，这块闻名遐迩的望夫石却不见了！

其实，我早就听人说过，西山的郎亭山上有块望夫石，我还曾在山上寻找过，但一直未果。

鄂州西山的望夫石不见了，别的地方的望夫石却丝毫未损，依然站在那里，迎送着慕名而去的游人。

唐代诗人刘禹锡曾任过和州（今当涂）刺史。他游览和州的望夫山时，写了一首《望夫山》：

终日望夫夫不归，化为孤石苦相思。
望来已是几千载，只似当时初望时。

诗人在四句话中用了三个"望"字，借一位忠贞于爱情的女子，寄托了自己的心志和情怀。

到了望楚亭附近时，山风吹来，雨丝打在脸上，有些凉意，我们便进亭避雨。此时，雾气在山谷中弥漫开来。友人久久望着时隐时现的郎亭山，似还没忘记望夫石的话题。他愤愤地说了一句："望夫石在这里站了千百万年了，她招谁惹谁了？怎么忍心将她毁了呢？"

我听了，无言以对。因为我觉得他在质问我，斥责我，因为我是东道主!

　　游山的兴味索然。在下山的路上,我还在默默地想着那块望夫石。是啊,西山的望夫石在天下众多的望夫石中是最正宗的,应是鄂州的一宝,为什么不好好地珍惜她?又是谁毁坏了她?这是一种无可挽回的损失,因为此石既毁,便永远不会再有了!

　　作为东道主,我感到一种无奈和愧疚。

　　西山上的那位石夫人,是被钢钎和铁锤一点一点地砸碎的?还是在一阵震耳的雷声之后粉身碎骨的?我不得而知。我只知道这是一种罪孽!毁坏一个原本活在人们心目中的孤立无援的生灵,决非是什么英雄好汉!

　　应当感谢王建,因为我们还能从他在1300多年前留下的诗句中,看到西山山顶上的那位多情女子的影子。

西山采灵芝

一幅古画
——鄂城东门塔印象

　　第一次看到东门塔，是在43年前的暮秋。

　　我到鄂城的第二天，午后空闲，便离开招待所，沿着长江大堤向东而行，尔后又转身向南，朝洋澜湖走去，为的是领略这座江南古城的风情。

　　就在不经意间抬头时，我忽然感到心头一震，因为展示在我眼前，是一幅绝妙而生动的古画———一幅尚未褪色的古画：在一泓秋水之滨，耸立着半截宝塔。

　　画面简洁、平实，远处的黛色山峦和飘浮的烟霭，经水和墨的晕染，也浑然一体了。这是一幅难得的"米氏云山"的翻版！

　　是谁人将这幅古画遗忘在这里了？

　　后来，从邻居和同事那里知道，此塔因建在城门之东，俗名又叫东门塔；东门塔亦叫凤凰台塔。古时城东有山，如凤凰展翅，孙权曾在山上筑有凤凰台，后人在台上建了一座古凤鸣寺。寺院周围银杏、苦楝、梧桐等古木参天，被人称为"凤台烟树"，乃鄂城的八景之一。明代万历年间，有人又在寺旁筑起了一座砖木结构的九层宝塔。此塔建成后当时是一种怎样的热闹情景？已无据可考了，但它是鄂城人的一份骄傲，却是毫无疑问的。

　　鄂城的东门塔历经600余度春秋，虽未倒塌，却断成了半截，但它仍固执地站在那里。

它为什么缺了半截？是风雨所毁？还是雷电所劈？我没得到权威性的解释，却听到了一个挺吓人的传说：那座半截古塔里，藏匿着一条黑龙，每当夏季暴雨将至，天气闷热时，它便会自古塔中蜿蜒而出，在半空中扭动着黑乎乎的身子，那身子足有水桶粗！

据说许多人见过，但没有人敢走过去看个究竟。

后来，终于有人走过去了。

修建化肥厂时，工程指挥部就设在东门塔旁边的荒坡上，一位受人尊重的老干部坐镇指挥。有一天午后，闷热难当，他果真看到一条黑龙自半截古塔中探出身子，又缓缓向空中飞去！黑龙的身子似有似无，时隐时现。他并不相信塔中藏有黑龙的传说，但也不知道黑龙到底是什么东西？他便走出指挥部，径直走到了古塔旁边，终于解开了黑龙之谜，原来，黑龙是由无数小蠓虫组成的！那些小蠓虫在阴暗、潮湿的古塔里繁殖，遇到天气突变、气压骤降时，便一团团、一股股飞出古塔，尔后便随风飞散了。

再后来，那座半截古塔忽然消失了！因为一家工厂在那里建了一座车间，与古塔同时消失的，还有"凤台烟树"。自此，鄂城的八景便永远缺了一景！

我由此想起了杭州西湖的断桥，想起了苏州虎丘山上有些倾斜的虎丘塔。残缺亦是另一种美。它们至今仍是当地一份不可多得的遗产！

试想一下，若东门城外的那半截古塔依然健在，将会为鄂州平添一种怎样的韵味！

我永远忘不了第一次见到东门塔时的印象，忘不了那幅古画；半截古塔，一湖秋水。

那幅古画至今尚未褪色。

天下第一伤心人

去江南寻访天下第一伤心人,是在寒食的前一天。

随着踏青的红男绿女们,我登上了鄂州的西山。这座西山高不过170米,面积不足5000亩,和我家乡的崂山比起来,简直就算不上是座山了!

人不可貌相,山亦如此。西山虽不高也不大,但它地处吴头楚尾,在长江南岸拔地而起,便有一种天生的灵性。更令世人刮目相看的是,竟有那么多不同凡响的人钟情于此山。孙权曾在山下造都城名曰武昌,即今天的鄂州市,又在山上筑坛拜天称帝,还留下了避暑宫和读书堂等遗迹。君王的故事总能惹得一拨又一拨的文士们前来寻找灵感。陆机、谢朓、李白、元结、李阳冰、钱起、孟浩然、岑参、刘长卿、王安石、范成大等都曾来过这里。尤其是那位仕途不佳的苏轼,自"乌台诗案"被诬后,被戴罪"下放"到西山对岸的黄州,一住就是四年多。其间便写下了《念奴娇·赤壁怀古》、《前赤壁赋》、《后赤壁赋》等传世之作。他的四位学生黄庭坚、秦观、张耒、晁补之也都在山上流连过。现收藏在台湾故宫博物院里的《松风阁诗帖》,就是黄庭坚宿于西山时写下的。他们都走进了中国文学史,而那位天下第一伤心人,却没有这种资格。

走着,看着,想着,我脚下踩着的,也许就有他们当年留下脚印?

第一辑 寒溪漱玉

天下第一伤心人，在西山的古刹中。

一步迈过古刹的门槛，就迈进了由阴冷、空寂、香火和不可知的恐惧弥漫成的烟雾之中，身后的时尚、浮躁、欲望和春色等世俗元素，便被无情地挡在了大门之外。

进了寺院，穿过大殿，经过一眼古井，便是一座其貌不扬的藏经楼。在堆满杂物的楼下，有一方镶嵌在墙上的石碑，碑高约四尺，碑前供桌上落满积尘，上面有野狐的爪印。这方石碑就是寻访天下第一伤心人的路标：

石碑上刻着一幅老梅，它虬枝苍劲，古、峭、奇、倔，有王冕画风，十分奇特。更为奇特的是左下角的落款：天下第一伤心人。

曾听说过天下第一泉、天下第一关、天下第一长联等，敢自命为天下第一的景或物，大约都得到了人们的认可，但没听说过有人敢称自己是天下第一伤心人！他到底是怎样的一个人？伤心到了一种怎样的程度？

一位中年僧人，用颇带感情色彩的介绍，讲述了一件凄美而又哀怨的往事：

这位天下第一伤心人，既不是风月场上的纨绔子弟，也不是与富家千金相逢后花园的落难公子。他是清代的兵部尚书彭玉麟（1816—1890）。彭玉麟，字雪琴，湖南衡阳人，年轻时以教塾馆为业，有文采，尤善画梅。由于丧妻，一直独身。塾馆之邻有一少妇徐氏，乃大家闺秀，不幸夫亡孀居。她对为人师表的彭玉麟渐萌爱慕，因受礼教所束，不敢与之接触，更无法表达心意，便制一团扇，让侍女送往塾馆，求彭玉麟在扇面上画一帧梅花。彭玉麟当即应允。他在作画之后，又在上面题了一首诗：

俊俏天香笑亦愁，芳姿原是几生修？
料知有意林和靖，无限深情在里头。

其诗虽平庸,但用了林和靖"梅妻鹤子"的典故,用心良苦。

心有灵犀一点通。徐氏见了画读了诗之后,便让侍女送去了一封热烈而又大胆的信。其信如下:

薄命人徐氏书奉雪琴先生文席,自睹芳颜,早系魂梦。顾不敢以造次出之者,诚以君本读书,以敦士品,妾方守节,尤贵庄严。名誉所关,故以缜密行之耳!然心虽如此,情自难禁。聊遣丫环,乞书示意。叨蒙不弃,惠书并诗,捧读之余,神魂不知何往?自念妾以蒲柳之姿,何敢以梅花自比?然而和靖自命,多情如君,妾铭感多矣!妾闻之,君子不以言戏人。言出于君,而听于妾,神明共鉴,生死以之!此后命通礼,一惟君命。若始挑之,而终弃之,妾固败名,君亦丧德。如长此妾亦无颜生于天地矣。书不尽言,死待尊命。敬依原韵和成一章,自知珠玉在前,不免大方见笑,亦聊以示意耳!薄命人徐氏裣衽。

书信后,附有一诗:

独倚妆台眺晚愁,敢因薄命怨前修?
争得秀才半张纸,好香吹到下风头。

彭玉麟收到信和诗之后,知徐氏已向自己托付终身。二人频频书信往来,诗词唱和,情深意笃,终于私订了白头之约,并商量待彭玉麟丧期服满之后,即明媒正娶。

谁知祸从天降,二人的私情被人发现。人言如箭,难以立足。彭玉麟只好离开家乡去了衡阳,被一家当铺聘为管账先生。

不久,湘军被太平军击败而退守衡阳,为筹军饷,曾国藩前往当铺借款,因主人不在家,彭玉麟做主,借给曾国藩白银5000两,以作湘军军费。湘军退兵长沙后,洪秀全率太平军进驻衡阳。彭玉麟害怕借款之事被洪秀全查出，便打算偕徐氏前去投奔曾国藩。但他担心推崇道学的曾国藩，会因他与徐氏的私情而不肯收留，加之情势紧迫，已来不及向徐氏解释，便连夜离开衡阳，投奔了长沙的湘军。由于战事多变，湘军离开长沙后转战大江南北，二人遂断了音讯。

　　痴情的徐氏误认为彭玉麟是不辞而别，弃她而去，负了白头之约，感到心灰意冷，情断意绝。这位多情而又刚烈的少妇，便一头扎进了滚滚的湘江！

　　军旅中的彭玉麟得知徐氏的死讯之后，悲痛不已，也懊悔不已。他随曾国藩创办了湘军水师，购置大船洋炮，在武昌、汉阳等地残酷地镇压太平军，又率水师封锁长江，围攻九江、安庆、南京，被清廷任命为兵部尚书。他因梅花与徐氏结缘，便称徐氏为"梅仙"。在他心目中，徐氏是超凡脱俗的仙人，值得他用一生来顶礼膜拜。所以，他不论是行军还是驻扎，每晚都要画一幅梅花，而且是终生只画梅花！每幅画上，都以"天下第一伤心人"落款。他驻守鄂州时，选出了自己最中意的一幅，并在上面题写了12首七言绝句，请兵部主事王家璧镌刻在这方石碑上，存放在藏经楼下。当地人称其为"石梅图"。

　　斯人已去，梅仙犹在。虽然人们并不熟悉彭玉麟，就是熟悉也没有多少好感，但却为这幅"石梅图"所折服，纷纷前来观赏。关山月、端木梦锡、王蒙等看了之后，都连声赞叹，认为这是一幅难得的石刻艺术珍品，也是历代画梅作品中的佳品。

　　听说了"石梅图"的来历，再细细品味那12首七绝，便觉得句句在诉，字字皆泪。现试录其中三首：

　　　　一生知己是梅花，魂梦相依萼绿华。
　　　　别有闲情逸韵在，水窗烟月影横斜。

自从一别衡阳后,无限相思寄雪香。
羌笛年年吹塞上,滞人归不到潇湘。

故园消息谁通讯,玉瘦香寒总不知。
驿使未归江路远,教人何处寄相思?

走进乌衣巷

中国的古城星罗棋布，古城中有成千上万条古巷，这些古巷沉淀着厚实的文化内涵，也诠释着历史的演义。但是还没有哪条古巷有乌衣巷那样的魅力，这不光因它有1700多年的巷龄，还因为在这里居住或诞生过一大批历史风云人物和文学艺术大家，以及在这里发生的或美好或悲惨的故事。

过了秦淮河上的文德桥，就是闻名遐迩的乌衣巷，王谢故居在巷口北门的咫尺之间。古居院墙上镌有唐代诗人刘禹锡的乌衣巷诗：

朱雀桥边野草花，乌衣巷口夕阳斜。
旧时王谢堂前燕，飞入寻常百姓家。

其字体龙飞凤舞，洒脱豪放，气势恢弘。走近一看，原来书写此诗的是毛泽东！

巷名为何叫乌衣？有一种说法是金陵人王榭世以航海为业，有一日海上翻船，他抱住一木漂到了岸上，一对身穿乌衣的年迈夫妇将他接回家中，告诉他说，这里是乌衣国，并将其女许其为妻。后来，他因思家便乘船离开了乌衣国。到了家中后看到有两只燕子栖于梁上，他以手挥之，燕子即落在他的臂上，尾系一小纸片，上面写着一首诗："误到华胥国里来，玉人终日苦怜才。

云轩飘出无消息，洒泪临风几百回。"所以，他居住的巷子叫乌衣巷。这是神话，不足信。

另一种说法是，因东晋时的王导、谢安两大士族住在此巷，其子弟皆穿黑衣，所以人们称此巷为乌衣巷。因缺论证，亦不足信。

第三种说法与孙权定都金陵有关。黄龙元年（229年）夏，孙权在武昌称帝，国号为吴。后来他又将都城迁往金陵，取"建功立业"之意，将"金陵改为建业"。他的部分士兵驻扎在秦淮河边。因士兵均着黑色军衣，故其驻地称乌衣营，也就是现在的乌衣巷。此事，史家已有定论。

乌衣巷之所以出名，是因为巷中的人物风流卓绝。这里曾居住过两位著名的宰相，其一是创立扶持东晋王朝的王导，另一位是指挥了著名的淝水之战的谢安。王谢两家在乌衣巷居住了282年，其间曾有多人从古巷里登上了历史舞台，名噪于世，甚至彪炳史册。当然，也有不少人遭到了厄运，甚至人头落地！除了政坛上的风云人物之外，还从这里走出了一批杰出的文士，其代表就是"王家书法谢家诗"。

王家有书圣王羲之。他幼年住在巷内，七岁学习书法，先得其父王旷之学，后拜女书法家、姨母卫夫人为师，长大后又转学众碑，博采众长，一变汉魏质朴风格，独创流畅飘逸的今体。其行书遒劲，千变万化，为历代所推崇。他的《兰亭集序》被称为"天下第一行书"。

谢家出了不少诗人，其中最有影响的是"三谢"，即谢灵运、谢惠连、谢朓。谢灵运少年时住在乌衣巷的谢家府第，常与谢氏子弟们作乌衣之游，26岁袭封康乐公，从乌衣巷进入仕途，不过还经常回乌衣巷居住。当时东晋诗坛占据主导地位的是"玄言诗"，是玄学思潮的产物。谢灵运大胆开创了山水诗派，成为中国山水诗的鼻祖。

乌衣巷的魅力不仅在它的风光时,更在它的败落时。它多姿多彩的历史信息已超越时空,引来一代又一代的诗人纷至沓来。在这块"江南佳丽地"上访古探幽。李白曾在这里吟咏过一首《金陵》,充满了叹息和惆怅;杜牧留下了凄切的《泊秦淮》;韦庄的《金陵图》中是低沉悲凉的旋律;王安石的一首《桂枝香·金陵怀古》,成为千古绝唱……

今日的王谢故居,经修葺后,古朴典雅,溢彩流光。驻足于王谢两家的历史和诸多艺术珍品跟前,抚古思今,触景生情,回味良深。

乌衣巷,是一段凝固了的历史。

第二辑　行旅拾遗

第二章　不定積分法

马嵬与红颜

一

　　一匹驿马沿着驿道疾奔而来,身后扬起了团团尘埃。当驰到华清宫前,驿马倒地不起,宫人从骑者手中接过一只竹篓……

　　从岭南到长安,漫漫数千里,飞骑不绝。多少骏马猝然而毙,多少骑者坠马而死?这一切,竟是为让一个女子品尝一颗新鲜荔枝!

　　在这之前,周幽王为了博妃子一笑,点燃烽火取乐,导致国破身亡。还有,夏亡于妹喜,商败于妲己,西周毁于褒姒,吴灭于西施等,于是便有了红颜误国之说。

二

　　杨玉环之所以能误国,除了她有"国色"之外,还需一个误国的搭档,即不爱江山爱美人的唐玄宗。唐玄宗算得上是一个文治武功颇有建树的君主,他曾励精图治,开明视听,革除积弊,改善吏治,还开创了"开元盛世"。不过自他宠爱的武惠妃死后,他对后宫的三千佳丽皆不如意。当他在骊山温泉宫初见杨玉环时,见她肌体丰艳,面如冠玉,明眸皓齿,又听了她的一曲

《紫云回》后，竟寝食不安起来。但此时的杨氏已是皇太子李瑁的妃子。他肚子里的蛔虫高力士为此作了一番策划：让杨氏以信奉道教为名，取名太真，进了道观，成了一名女冠；又让李瑁娶了左郎将之女作为补偿，再暗中将杨氏接入宫中，一切礼仪视同皇后。唐玄宗的这种荒淫乱伦的恶迹，为后人不齿，也为大唐王朝埋下了祸根。

三

一人得道，鸡犬升天，杨氏得宠之后，她的三个姐姐分别被封为韩国夫人、虢国夫人、秦国夫人，每人每月仅脂粉费就达十万钱！杨玉环的服饰难以计数，为她一人织绣衣服的工匠就多达700余人！

杨氏因在宫中嫉妒、泼悍、失礼，激怒了唐玄宗，曾下令将她送回了娘家。她走后他竟茶饭不思，心神不宁，无端鞭打宫人。到了晚上，高力士奏请接回杨氏时，他连忙恩准了。

第二次将骄横的杨氏送回娘家时，一位户部郎中说，杨氏身为妇道人家，见识短浅，违背了陛下意志，陛下为何不让她死在宫中而让她在宫外丢陛下的人呢？唐玄宗听了，竟然派人将自己吃的饭菜赐给了杨氏！

正是杨氏随心所欲，才会"引狼入室"。

四

范阳节度使安禄山，一脸憨态，外若痴直，实则狡黠，早有异心。

安禄山过生日时，唐玄宗和杨氏赐他众多衣物、珍宝。他趁机奏请认杨氏为干娘。杨氏将他召进后宫，为干儿子"三天洗身"。杨氏命宫女们用锦绣做成超大襁褓裹着安禄山，用彩轿抬着在宫中招摇。干儿子是个45岁、体重300多斤的胡人大胖子，干娘却是只29岁、身材窈窕的后宫宠妃！其荒唐可谓空前绝后。

就是杨氏的这位干儿子，终于得到了唐玄宗的重用，全国四十九万边防部队，安禄山一人掌握二十万，被封为全国兵马总管。他却以讨伐宰相杨国忠为借口，突然伙同史思明发兵叛乱，先占领洛阳称帝，又攻破长安，迫使唐玄宗出逃，才有了马嵬坡之变。

五

自唐以来，咏马嵬之变的诗词数量很多，大都同情唐玄宗，而把罪责归咎于杨玉环。白居易聪明，他既不说唐玄宗因红颜而误国，也不说杨氏红颜祸水，在《长恨歌》中，他把马嵬之变写成了一出生死不渝、缠绵悱恻的爱情悲剧，似乎杨氏就是唐玄宗的精神伴侣。

杨玉环死后，唐玄宗依旧不思社稷，终日被情所困，日夜思念杨氏而不得，竟托临邛道士"升天入地求之遍，上穷碧落下黄泉"，去寻找杨氏。

唐玄宗和杨玉环的爱情真的是纯洁无瑕、坚贞不渝吗？未必，因为在江山和美人之间，唐玄宗选择了江山！

唐玄宗作为一国之尊，就是在逃亡途中，亦是一言九鼎。当哗变的士兵杀了杨国忠之后，哗变首领陈玄礼要求除掉杨玉环时，唐玄宗完全可以饶恕杨玉环一命，甚至可以"若杀杨氏，先杀朕！"来对付陈玄礼，难道陈玄礼敢真的违背圣命不成？他还可用其他变通的办法保住杨氏一命，不至于非得赐死杨玉环。

面对愤怒到极点的士兵，他其实是屈从了。

垂落在佛堂里的那根白绫，见证了一个女子香消玉殒的全过

程。

不可否认的是，唐玄宗对杨玉环之死，是明哲保身，是口是心非的！引起安史之乱的罪魁，是唐玄宗；造成马嵬坡之变的祸首，仍然是唐玄宗。

马嵬留在了冷漠的史籍里，而那位红颜，只留在缠绵的诗歌中了。

子何不去

想去鲁迅故乡看看的心愿,大约有 40 多个年头了,但却一直无缘。

"金马杯"全国短篇文学大赛颁奖会在绍兴举行,于是,我便有了这次绍兴之行。

11 月 1 日举行颁奖会。10 月 31 日空余一天,我便和柯灵、陈继光以及部队的一位作家,先去郊外的兰亭,领略了书法圣地的曲水流觞,欣赏了被称为"天下第一行书"的《兰亭集序》临摹本。接着,又去城内参观了周恩来祖居和秋瑾故居。午后,因柯灵同志已是 82 岁高龄的人了,需要休息,我便得空独自上街,为的是去沈园看看。听说陆游为唐婉题写的那首《钗头凤》,还留在园壁上。

绍兴的河多,河多桥便多。三拐两岔,我竟然走到了越王台前。台后,便是气势雄伟的越王殿了。抬头望着这座演绎出许多故事的巍峨宫殿,不由令我肃然起敬来。

发奋图强,卧薪尝胆,是中华民族的一大美德。越王勾践则是一位身体力行者。

勾践是春秋末期的越国国君。公元前 494 年,越国被吴国在夫椒打败,他被围困在会稽山上,后入吴为质。在吴王宫中,己为奴,妻为妾,身系马厩,尝粪查病,忍辱负重。三年后返回故国,任用范蠡、文种,经过"十年生聚,十年教训",终于重振

国力，转弱为强，于公元前473年一举灭吴，吴王夫差自尽。他继而乘胜渡淮，逐鹿中原，大会诸侯于徐州，终成霸主。

这是勾践留下的一段历史佳话。

我在越王殿中流连许久。殿内东西两侧绘有《卧薪尝胆》和《复国雪耻》两幅巨型壁画。壁画采用民族传统艺术手法，并借鉴战国壁画和汉画石刻的风格，形象地描述了这段历史佳话的全过程。不过，虽然这里游人似潮，廊下兰花幽香袭人，但我觉得在肃穆的大殿中有缕寒气，寒气中似又有一丝杀气。"越王勾践破吴归，义士还乡尽锦衣。宫女如花满春殿，而今惟有鹧鸪飞。"当年李白写这首诗的时候，或许也有这种感觉？

大殿后边，便是龙山。我沿一条石板砌的石径拾级而上。渐行，山势渐高，林木和游人也渐稀疏。待要走到山顶的望海亭时，忽见石径右边有座石亭，过去一看，见亭中有石碑，上镌"越大夫文种墓"六个大字。墓在碑后，坐北朝南，呈圆形，高约三尺，用石块砌成。周围茅草野菊丛生，益发显得荒凉。

文种是楚国人氏。当年，越国被吴国打败之后，国君和大夫范蠡等人作为人质留在吴国，越国的国政便由文种主持。尔后，他和范蠡一道，辅佐勾践伐吴。勾践称霸后，范蠡以为，大名之下，难以久居，便乘轻舟而去。他曾由齐国遣人给文种送来了信札，劝他早日离开越王："飞鸟尽，良弓藏；狡兔死，走狗烹。越王为人长颈鸟喙，可与共患难，不可与共乐。子何不去？"文种自此称病不朝。有人诬告他图谋作乱。勾践便赐他一柄宝剑，逼他自刎。自此，这位先贤便饮恨长眠于此了。

我为文种的遭遇抱屈。他佐越灭吴，为勾践立下了汗马功劳，竟落得如此结局；我又为他的愚忠悲哀，若像范蠡那样及早离去，也许能躲过杀身之祸。

勾践的卧薪尝胆，是为了复国雪耻。复国，是复的越王一人之国；雪耻，是洗刷帝王的一家之耻。当他灭吴称霸之后，就不是当年"蓼目水足，抱冰握火，采葛于山，置胆于座"的勾践了。当然，更不允许左右侍卫喝问他"难道你忘了会稽之耻了"。他不图进取，偏听偏信，杀害重臣，其一家霸业终难维系。后来，王室诸子争立，手足相残，终被楚国所灭。想到此，我一向敬仰的那个形象，便开始倾斜了。

夕阳如血，秋风瑟瑟。一些树叶儿纷纷飘落，落在石亭前，落在墓顶上。元人写过一首诗："钟暮阴阴空蔓草，晋碑寂寂自莓苔，东风不减千年恨，燕子南飞雁北回。"我猜想，大约诗人当年也是站在我站的这块青石板上，触景生情，吟哦而成的？

龙山，因文种葬于此，故又称种山。文种墓前的那方石碑，呈长方形，插在龙山之上。我总觉得，这山，像一位倒下身子的巨人；这石碑，就是勾践赐予文种自杀的那柄宝剑。一幕历史之剧，就在这里凝固了，定格了，任凭后人去考证，去评说。

天色将晚，我沿原路下山时，又望了望那座越王殿，它可怜兮兮地俯在龙山脚下，显得缩小了许多，也苍老了许多。再回头仰望龙山，万木萧萧，暮色渐浓。苍茫中，那石亭，似一位身着葛衣的老者。正临风而立，扬天长啸。

我默言而去。

敬仰施全

西山采灵芝

在中华民族的发展史上，民族英雄多如繁星，人们永远忘不了他们的名字；而卖国变节者都被当代和后代人所不齿。宋代的秦桧是妇孺皆知的卖国贼，被他杀害的岳飞，是气贯长虹的民族英雄。卖国贼被钉在了历史的耻辱柱上，民族英雄却活在了后代人的心中，活在了中华民族的史书里。

不过，还有些人我们不应当忘记，因为他们用自己的一腔热血佐证了他们的高洁情操，比方说，守护在岳飞庙前的施全。

我每次去杭州，都会去西湖之畔的岳飞墓前看看，心祭这位千古英雄。当我站在岳飞雕像前瞻仰这位英雄时，心中便会有一种念头：也应为施全在这里塑一座雕像。

在岳飞的故里，便有一座施全的雕像。

我去汤阴县时，是一个落叶纷飞的暮秋。

和许多中国人一样，我自小便记住了岳飞这个名字；还知道他出生那天，有大鹏鸟在房顶上飞鸣；黄河决堤发水时，他坐在一口大瓮里漂流；以及岳母刺字、大败金兵和十二道金牌的故事，后来才从史料中知道了施全刺杀秦桧的经过。

汤阴县城里的"宋岳忠武王庙"，是在岳飞被害300多年后的明景泰初年修建的。当地人皆简称为"岳飞庙"。在岳飞庙的对面，便是纪念施全的祠堂——"宋义烈将军施全祠"，人们简称叫"施全祠"。

我觉得施全是幸运的。"宋义烈将军施全祠"就建在岳飞庙的不远处。虽然祠堂不大，也算不上雄伟，但香火不衰。人们拜谒过岳飞之后，便会来这里拜谒令秦桧闻名丧胆的千古英烈。祠中的施全雕像十分威武，他双目怒视，手持一柄利剑，像一座巍峨高山。在石阶底下，跪着反绑双手的四个千古罪人，他们是残害岳飞的罪魁秦桧、参与阴谋的秦桧之妻王氏、制造岳飞罪名的张俊、审判岳飞的执行者侯氏。他们每天都在承受人们的唾沫和鄙视的目光！

其实，施全生前并不认识岳飞。

当岳飞从抗金前线被召回之后，先是被削去了兵权，继而秦桧让张俊编造岳飞指使部属准备到襄阳谋反的罪名，制造了一个千古奇冤。南宋绍兴十一年（1142年）冬天，只有39岁的岳飞，被害于临安大理寺的风波亭，同时被害的还有岳飞之子岳云和岳飞的部将张宪。

岳飞被害后，朝野震惊。西溪寨有位将军的儿子，为了悼念岳飞，以扶乩的名义，写了一首绝句，其中有："丹心似石今谁诉？空有游魂遍九州。"

秦桧得知此事后，极度恐慌又极度疯狂，竟然捕杀了数百人！

杀害了岳飞之后，这个中国历史上的超级卖国贼的"和议"得以出笼；南宋除了将以淮河为界的大批土地和城邑割给金朝之外，每年再向金朝纳银25万两，绢25万匹，还要向金朝称臣！

人们对秦桧的痛恨已达到了极点。在绍兴二十年（1151年），一位疾恶如仇的军校，为了为国除祸、为民除害、为岳飞报仇，他身藏利剑，埋伏在秦桧上朝的必经之处，伺机刺杀秦桧，因事露被捕。他面对刀斧毫不胆怯，当面痛斥秦桧通敌卖国、残害岳飞的不赦罪行。秦桧又气又怕，当即残忍地将他在闹市分尸示众！

　　为了纪念他，后人在岳飞庙前为他建了这座施全祠，让这位光照日月的义士日夜守护在岳飞身边。

　　汤阴之行已经过去了 20 多年，但我仍忘不了施全的那种大义凛然的神态。只是有件事至今想来仍有遗憾：当时为什么没给施全烧一炷高香呢？

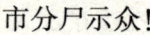
西山采灵芝

苏轼与牡丹

素有花王之称的牡丹,由于花大色艳,足压群芳,故而受到人们的喜爱。白居易曾说过"花开花落二十日,一城之人皆若狂";刘禹锡有"唯有牡丹真国色,开花时节动京城"的诗句。一些有关牡丹的传说也让人津津乐道。除了武则天怒贬牡丹出长安的故事以外,蒲松龄还用他的生花妙笔,在他的《香玉》中将一株白牡丹写成了一位白衣少女。还有一个故事:中唐著名宰相裴度在临终之前,命人将他抬到牡丹花前,说道,我不见此花而死,可悲也!此事在《独异志》上有记载。

苏轼与许多文士一样,也极爱牡丹,不料竟种下了杀身之祸。

到了宋代,已有"洛阳牡丹甲天下"之说了,苏轼在《牡丹记叙》上说:"盖此花重于世三百余年,穷妖极丽,以擅天下之观美。"时尚所及,天下皆然,当时许多地方都在栽培牡丹,因而观赏牡丹也就成了一种风气。苏轼在北宋熙宁年间任杭州通判时,听说安国坊的吉祥寺内,有位和尚有一个很大的花圃,里面种了近百种牡丹,有数千株之多,每当花期,黄白黛绿,万紫千红,观花者达数万人!杭州太守沈立是位牡丹迷,对牡丹颇有研究,曾写过《牡丹记》十卷。熙宁六年(1072年)三月二十三日,他邀请苏轼同去吉祥寺观花。归来后,苏轼写了一首《吉祥寺赏牡丹》。

人老簪花不知羞，花应羞上老人头。
醉归扶路人应笑，十里珠帘半上钩。

当时苏轼才37岁，他说的"人老簪花不知羞"，其实是一种解嘲和调侃罢了。

不久，沈立调任他职，陈述古接任太守。当年冬至时，苏轼仍惦记着吉祥寺的牡丹，又独自去了两次。第一次去时写了一首诗，其中有这样两句："何人更似苏夫子，不是花时肯独来？"第二次去时，又题写了一首，最后两句是"安得道人殷七七，不论时节遣花开？"据说殷七七是位能开非时之花的仙人，曾经在九月里催开过鹤林寺的春鹃！可是他在哪里呢？

新任太守陈述古不但是位诗人，在政治上亦和苏轼同道，二人交往颇笃，常公余出游吟咏。次年春季，二人邀约同去吉祥寺赏花，谁知临行前陈述古因事耽误了，苏轼便写了一首《吉祥寺花将落而述古不至》：

今岁东风巧剪裁，含情只待使君来。
对花无信花应恨，直恐明年便不开。

陈述古得知后，第二天便匆匆去了吉祥寺。于是，苏轼又用前韵重赋了一首诗。

就在这年的冬季，吉祥寺传出一个令人难以置信的奇迹：在吉祥寺的牡丹园里，竟有数株牡丹开花了！苏轼连忙同陈述古前往观看，果真见到了绽开的牡丹花！二人都十分激动，陈述古作了一首《冬日牡丹》，苏轼写了《和述古冬日牡丹四首》。其中第一首是：

一朵妖红翠欲流,春光回照雪霜羞。

化工只欲呈新巧,不放闲花得少休。

宦海风波难料。八年后,苏轼任湖州太守时,被押入汴京的御使台狱。这就是宋代最大的文字狱:乌台诗案。

苏轼的一百多条罪状,全部摘自他的文章和诗词,其中也包括他写的这四首牡丹诗,如第一首中的"一朵妖红",主审者认为是在咒骂执政大臣,"化工"、"新巧"是反对变法,"诽谤圣上"! 欲加之罪,何患无辞! 政敌们要置苏轼于死地,采取断章取义、牵强附会、无限上纲的卑劣手法。同时,也兼用酷刑逼供。身心俱伤的诗人按主审官开列的罪状画了押,还写了两首绝命诗,准备赴死。后来,他虽然免了死罪,但被追夺了礼部员外郎直史馆和太常博士两职,责授黄州团练副使黄州安置。"乌台诗案"还使包括司马光和已去世的欧阳修在内的 22 位重臣和友人受到了牵连!

吉祥寺的牡丹无论如何都不会想到,这位受人尊重的诗人,遭受大祸竟然与自己有关! 这才是天下奇冤呢!

前不久,报纸披露,有位人大代表建议,将梅花和牡丹并列定为国花! 我仿佛看到了"脱落群类,独当春日,其大盈尺,其香满室,叶如玉以,拥抱栉比。蕊如金屑,妆饰淑质"的牡丹花,正绽开在初春的艳阳中。

遗 憾 儋 州

大凡敬仰苏轼的人，大约都想去黄州赤壁一看苏轼的遗迹，寻找诗人遗韵。20多年前，我看到一群来自扶桑国的老人，其中多数是女性，他们下车后，一起到东坡赤壁门口，便双手合十，虔诚拜谒。其情其景，感人肺腑。

从地理上看，去黄州的"东坡赤壁"较为方便，若去儋州的"东坡书院"，却不是一件易事。最近我有幸去了儋州之后，写下了这篇短文。

用"遗憾儋州"作为文题，是想表述当时心中一种情绪。

我曾数次去过海南，还多次去过海口的苏公祠，但一直未能去苏轼当年的贬所所在地——儋州，原因是身不由己，总是匆匆飞来，又匆匆离去，心中便生出了些许的怅然。

今年三月，在海南省洗夫人文化节期间，终于有了一个去儋州的机会。

清晨，由海口市驾车出发，沿西线高速公路而行，虽然路旁山花如霞，椰林若云，但心中只是想着儋州的东坡书院，所以也就没有心思欣赏途中的风光了。汽车如离弦之箭，疾驶了三个多小时之后，在路牌的指示下，下了高速公路，沿一条便道，去了一座红墙黑瓦的院落，院落大门的门楣上有四个黑底金字：东坡书院。

进了大门才发现，里面的建筑颇具规模。书院有载酒堂、载酒亭、迎宾堂、书画廊和陈列室等建筑物，两侧尚有颇为宽阔的庭院。载酒堂是苏轼当年讲学、会友的地方，他贬来海南之后，曾在这里设帐讲学，最早前来求学的是海南人黎氏兄弟二人，后来，一群黎族后生也到了苏轼身边，听他讲四书五经；苏轼也教他们作诗填词。后来，连岛外的一些青年人也纷纷渡海前来求学。琼州的姜唐佐从师苏轼后，与他结下了深厚的师生之情。后来苏轼将要离岛时，他跪在自己的恩师面前，拿出一柄绢扇，请求恩师为他题一首诗。

苏轼寻思了一会，挥笔写下了两句诗：

沧海何曾断地脉，珠崖从此破天荒。

这是一首绝句的前两句。苏轼要他加倍努力，待到赴京登科后，再为他续上后边两句。姜唐佐十分激动，他一直珍藏着这柄绢扇。三年后，姜唐佐终于成了海南岛上的第一位举人，但苏轼却在他中举之前病逝常州！

苏轼也是海南岛上的文化拓荒者。

《琼台纪实史》中载："宋苏文忠公之谪居儋耳，讲学明道，教化日兴。琼州人文之盛，实自公启之。"

在载酒堂右侧，有一尊苏轼的铜像，他头戴斗笠，脚穿木屐，手里握着书卷，双目凝视着远处，远处是苍莽莽的群山和飘浮在天际间的白云，再远处，是目不可及但心灵可达的地方，至于那是什么地方，只有诗人自己知道。

苏轼是中国诗坛上的耀眼明星，他的名字称得上是妇孺皆知、家喻户晓了，因为他是人们心目中的偶像。

宋嘉祐元年（1056年），从四川眉山走出来的苏洵和他的两个儿子苏轼和苏辙，顺利通过了乡试。次年，苏轼兄弟参加礼部复试时，主考官欧阳修对苏轼的答卷十分满意，定他为第一。殿

试时，兄弟二人同科进士及第。苏洵则因才华横溢未经考试便被任命为秘书省校书郎。自此，三苏之名，天下远播。

又过了三年，苏氏兄弟因母亲去世回眉山守制。回京后参加朝廷的策试时，苏氏兄弟高中。宋仁宗十分高兴，认为自己为子孙们找到了两位好宰相！

人们都以为苏轼将在宦海之中乘风破浪时，他的命运之舟却遇到了潜伏在波涛下面的暗礁。王安石拜相后实行变法，苏轼因反对变法中的某些过激政策而得罪了他，后来，又因他反对全面否定新法而得罪了司马光。他受到新旧两派的攻击是意料中的事。再后来，因受到政敌的迫害而经历了"乌台诗案"的劫难！

宋元丰二年，苏轼从徐州移知湖州，上任不久，便因写诗"讪谤"获罪，关进了御史府的乌台大牢。负责此案的是御史中丞李定。当年李定的母亲去世时，李定不遵守官员对其生母丧礼的制度，被苏轼斥为不孝。李定一直怀恨在心，今天终于有了报复苏轼的机会。他利用酷刑逼迫苏轼承认写过罪诗，还开列了诗中六十多处讪谤朝政的罪名，将苏轼定为死罪！后因太后殡礼，大赦天下，加之一批重臣出面营救，苏轼才得以出狱。不过他被迫夺了所有官职，责授黄州团练副使，不得签书公事！"乌台诗案"还连累了一大批人：苏辙谪筠州酒监，王巩谪宾州酒税，驸马王诜削除一切官爵。连张方平、司马光、王安石、范镇等一批老臣，都被各罚红铜二十斤！

苏轼虽大难不死，但贬道坎坷不平，最先贬到黄州，再谪常州，后去登州、杭州、扬州。蔡京为相时，他被打入另册，他的著作和书法、绘画作品，曾禁止买卖、收藏；他的名字还被刻在"元祐党籍碑"上，欲让他永世不得翻身！后来，他被谪居惠州时，曾写过一首《纵笔》：

白发萧散满霜风，小阁藤床寄病容。

报道先生春睡美，道人轻打五更钟。

　　此诗传到宰相曾淳的耳朵里，他说，苏轼这小子活的还挺快活嘛！于是又将他贬到了离京城更加遥远的儋州！他的政敌以为，海南孤岛悬于大海之中，荒蛮、寂寞、贫困和疾病必会将苏轼折磨而死！但苏轼终于挺过来了。不过他应感激海南人士对他的关爱。当他和儿子苏过到达雷州半岛时，受到当地热情接待；渡过琼州海峡，到达儋州时，当地行政长官张中对他十分敬仰，让他住在衙门的官舍里，并为他们父子准备了粮食和一些生活用品。谁知此事被曾淳知道了，他十分生气，立即下令，张中免职，免职的张中后不久便去世了！苏轼父子被赶出官舍之后，竟无栖身之所！苏轼的学生和当地的父老们得知消息后，在一片桄林里为他们父子搭建了一座桄榔庵。苏轼还为自己的新居写了一篇《桄榔庵铭》。

　　当时的海南岛，还处在火种刀耕状态，黎族人的斧、刀、五谷、布、盐甚至粮食大都由大陆运去。苏轼贬居海南期间，可谓受尽了千般艰辛，他曾说过："此间食无肉、病无药、居无室、出无友、冬无炭、夏无寒泉……唯有一幸，无甚瘴也。"有一次，因大风刮了半个多月，海船停航，父子二人无米为炊。为了充饥，苏轼采了一大筐苍耳，洗净、煮熟、去毒、剥壳磨成粉，再掺些野菜充饥。由于营养不足，苏轼的身体十分虚弱。有一天，一个学生送来了一碗热气腾腾的肉汤，那是以鼠肉熬煮的，说是吃后能补身子。有时黎族人打到野鹿或别的猎物，会送一些给他们吃；收获了番芋、竹笋、野果等，也不会忘了这位爱作诗的慈祥老头。

　　苏轼在儋州流放了三个年头。在到海南之前，他对长子苏迈立下了遗嘱：他打算到了海南之后的第一件事，就是做棺木，第二件事是做坟墓。他还在《到昌化军谢表》中说："子孙恸哭于

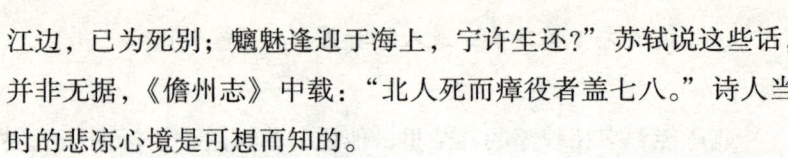

江边,已为死别;魑魅逢迎于海上,宁许生还?"苏轼说这些话,并非无据,《儋州志》中载:"北人死而瘴役者盖七八。"诗人当时的悲凉心境是可想而知的。

昔日的被贬者到了海南岛之后,大约回去的希望就十分渺茫了,正可谓"道旁老树可作证,古人十去九未还"!唐代会昌年间的宰相李德裕,为政期间内制宦官,外复幽燕,扭转了唐王朝积弱不振的局面,有重大见树,曾被李商隐誉为"万古之良相"。他不但是位杰出的政治家,也是一位造诣颇深的诗人,但在"牛李党争"中遭到政敌的陷害和打击,被一贬再贬,最后贬到海南岛的崖州,当了一名无足轻重的司户参军。他登崖州城时曾写了一首《登崖州城作》:

独上高楼望帝京,鸟飞犹是半年程。
青山似欲留人住,百匝千遭绕郡城。

他最终未能走出海南岛,一腔悲愤和眷恋,埋在了一座荒凉的土丘之中了!

苏轼的遭遇虽然不幸,但也有幸。

因为他与黎族人民结下了淳朴深厚的情谊,这为他的贬谪生涯增添了活下去的勇气。他写过一首《访黎子云》:

野径行行遇小童,黎音笑语说坡翁。
东行策杖寻黎老,打狗惊鸡似病风。

这次来儋州,除想寻觅苏轼留在这里的踪迹之外,还想购买一些有关他的文字资料。我在东坡书院中逗留了大半日,在大门内侧的一间房子里,看到了《苏轼在儋州》,以及他在儋州写的诗词、文章的书籍,摆放在一个大玻璃柜子里。有人说,苏轼在儋州写有诗词130多首，文章180多篇。诗人虽然被贬儋州，却为儋州留下了一笔永不贬值的遗产！

我在玻璃柜旁边流连许久，但却无法买到自己渴望已久的书籍，因为负责卖书的人有事外出了。我问何时能回？一位工作人员说，大约十一时吧！我只好耐着性子等待下去。

我站在一株已有400多年树龄的芒果树旁，遥望着远处巍峨的儋耳山。听人说那里有一块巨石，是女娲补天时剩余下来的一块石头，她顺手放在了海南。苏轼曾为此石写过一首诗：

突兀隘虚空，他山总不如。
君看道旁石，俱是补天余。

按我原先的计划，本想去看看那块补天石的，但心里总惦记着玻璃柜中的图书，便只好作罢了。

元符三年（1100年），苏轼离开海南岛前夕，将自己的一方砚台让苏过到集市上卖了，买了酒和菜肴，把邻居和自己的学生们请到了桄榔庵中，一是答谢大家，二是表示辞别，他离开儋州那天，黎族的百姓们纷纷拥到路边相送，他的弟子们一直将他送到了琼州码头。他极为感动，写了一首诗：

我本儋耳民，寄生西蜀州。忽然跨海去，譬如事远游。
平生生死梦，三者无劣优。知君不再见，欲去且少留。

诗句简洁、明白，似在对挚友倾诉心迹。

据说，诗人到江苏的仪真时，当时名噪天下的画家李公麟为他画了一幅肖像画，他自己在画上题写了一首《自题金山画像》：

心似已灰之木，身如不系之舟。

问汝平生功业，黄州惠州儋州。

　　诗人将自己的"平生功业"，归结在这三个地方，这是三个令他痛心疾首却又梦牵魂绕的地方，从中可见儋州在他的心目中是一种怎样的地位了。

　　时至中午了，玻璃柜的锁不能打开！再也不能等下去了，因为还要赶回海口呢！

　　我怀着一腔虔诚而来，却要空手而归！心中有些愠怒。往返行程600里，耗时一整天，终未能买到虽已见到但却到不了手的书籍！我不敢妄说工作人员的失职，只能埋怨自己的运气不佳。我揣着一肚子的遗憾，离开了东坡书院。

柳泉·法术·绛雪

一

柳泉,在淄川蒲家庄庄头的一片古柳树旁边,它的名气与蒲松龄有关。我曾去过三次,最后一次却有些扫兴。

那天上午,我随着人流先去了蒲松龄故居。也许蒲氏的房舍过于低矮,游人又多,加之室内光线较暗,我总觉得视力不济,一些有关的文字、书页及蒲氏手稿等看起来十分吃力,呼吸也有些不畅,心里便有了一种压抑,只好离开故居,去了庄头的柳泉。

柳泉十分清澈,四周有石栏相护,泉边竖一石碑,上刻"柳泉"二字,是沈雁冰先生手迹。这里环境幽静,且游客不多,是休息、看书的绝佳之处。我便在一间小亭子里找了个座位,一边乘凉喝水,一边翻阅《聊斋轶闻录》,是这本书的作者送我的。

柳泉旁边有一条古驿道,昔日是青州到济南的必经之路。当年蒲松龄曾在柳树下设置茶摊,以柳泉之水煮茶,免费提供过往的行人歇脚、解渴、纳凉,他则希望从行人嘴里听到一些鬼狐故事和各地的逸闻传说。晚上收摊后,便在油灯下伏案写在纸上,这就是《聊斋志异》的素材来源,"柳泉居士"便成了他的别号。

蒲松龄一生郁郁不得志。他于明崇祯十三年（1640年）生于一个书香门第，父亲是饱学之士，但一生仕途不顺，只好弃儒经商。蒲松龄年轻时勤奋好学，经、史、子、集过目不忘。19岁应童子试，曾以县、府、道三试第一，补博士弟子员，名震一时，引起了人们的注目，都以为他一定会仕途得意。谁知他以后屡试不中，到了71岁高龄时，才援例成为贡生。他一生穷困潦倒，家徒四壁，常常断炊，有时不得不以野菜、粗糠充饥。清苦贫穷并未让蒲松龄消极颓唐，相反却激发了他对文学创作的热情，他终于注入毕生心血，创作出了饮誉中外的《聊斋志异》，同时还撰写了诗集、文集、词、俚曲、戏剧等作品。《聊斋志异》中共收作品400余篇，约40万字，不仅成了中国短篇小说的珍品，也是世界文学宝库中的瑰宝，国内已有60多种版本，国外亦有30余种译本，有的译本上还有一个副题：《中国的〈一千零一夜〉》。

在他的作品中，我尤爱那些花妖、狐魅、鬼怪的故事。他自己曾将这类作品称之为《狐鬼史》。他精心塑造的那些鲜明、生动的艺术形象，其实都寄托了他的内心情感。由于他长期生活在社会底层，目睹耳闻了人间的疾苦和官场的腐败，在清代残酷统治的背景下，他只能以自己的一枝秃笔进行呐喊和抗争，以谈狐说鬼的方式表达自己的悲愤之情。他在《聊斋志异》自序中有一段文字说得十分明白："集腋为裘，妄续幽冥之录；浮白载笔，仅成孤愤之书。寄托如此，亦足悲矣！"

好一部"孤愤"之书，也是人间一部百读不厌的奇书！

忽然，一阵喧哗之声从远处涌来，接着，便看到一个擎着小旗的导游员领着一大群人向柳泉走过来。他们如入无人之境，吆喝声、说笑声和他们搅起来的一片浮尘，弥漫在柳泉上空。又紧接着上演了一出闹剧：他们中有几位时尚女士，看到清亮的泉水以后，便一齐围在泉边，有的在泉中洗手，有的撩拨泉水与女伴戏闹。这时，有位中年男子提醒了一声：请不要在泉中洗手。

谁知时尚女士却置若罔闻，仍撩水取乐。那汉子有些气愤，声音也大了许多："不许弄脏了泉水！"一位女士回了一句："这又不是你家的泉水，多管闲事！"这时，坐在柳林中的一些游客也帮着汉子喊起来：那是大家喝的泉水，你们也太不自重了！

这可惹恼了这些时尚女性，她们一个个杏眼圆睁，立即回击：喊什么喊，老娘怕你们不成？

这一下激起了众怒，柳泉四周的人都纷纷指责她们。也许她们有些心虚，气势一下弱了许多，小声嘟囔着离开柳泉，柳泉又恢复了原先的宁静。

二

无独有偶，我去崂山寻访蒲松龄描写的那株耐冬时，又遭遇过类似的闹剧。

去年夏季，我在崂山太清宫的关岳祠旁边，找到了蒲松龄留下的一处遗迹——写书亭。这是一座飞檐红柱的木结构小亭，据说当年蒲松龄就是在这里撰写《香玉》、《公孙七娘》和《崂山道士》的。小亭的西侧有一面粉白墙壁，听人说，这就是那位在崂山学法术的道士留下的穿墙壁：有个叫王七的富家子弟，听说崂山住着许多神仙，便背着书籍进山学道，谁知师父却让他天天进山砍柴，他怕吃苦，便打算回家。傍晚时，他看见师父和两位客人正在饮酒。天渐渐黑了，只见师父在纸上剪了一个月亮贴在墙上，周围立即明亮起来。他正惊异时，见师父一抬手，嫦娥便从月中走出来，在席间边歌边舞。后来，师父和客人又一起移席月中了。王七看了，羡慕不已，他在山上熬了一个多月，便要求师父向他传授穿墙之术。师父刚教会他，他就要求下山。师父告诫他说，此法术用来做好事就灵验，若干坏事，则不灵验。他连忙答应下来，告别师父后便下山了。到了家后，他向妻子吹嘘自己有穿越墙壁的法术。妻子不信。他急于想在妻子面前显露法术，便猛力朝墙上撞击。谁知墙未穿过，头上却撞了一个大疙瘩！这个故事，辛辣地讽刺了那些心术不正、专干歪门邪道的人。

我有些怀疑，不过不是怀疑崂山是否有能穿墙的神仙，也不是怀疑王七是否在崂山学过法术，我怀疑的是这座写书亭。当年的蒲松龄白天在山上游览，夜间寄宿在一座草屋里，睡在一张窄窄的木板上，生活十分清贫，哪来的亭子供他写书？这亭子应当是当代的好心人修盖的，为的是纪念这位古人，也是为了吸引游客。

三

在崂山，蒲松龄最钟情的是太清宫的"绛雪"——一株已有数百年树龄的山茶。由于山茶的花期很长，其花从11月开到来年4月，中间要经过整整一个寒冬，所以人们又称它耐冬花。

我在太清宫的院子里看到了那株"绛雪"。它高约七米，树冠占了半个院子，粗过合抱，四周有石栏相护，栏边有块石头，上面刻着"绛雪"二字。在一木牌上写着："此耐冬——山茶，即蒲松龄所著《聊斋志异》中《红玉》篇之'绛雪'"。

山茶生在江南，而地处东海之隅的崂山怎么会有山茶呢？我将自己的疑问告诉了院子中的一位道士，道士很热情，他说，崂山的山茶，是他们的师祖张三丰从东海的海岛上移来的。

张三丰是武当派之祖，他于明永乐年间到崂山修炼，后来死于崂山，山上至今还有一个"三丰洞"。

我又问，是从哪座海岛移来的？

道士摇了摇头，因为他也说不清楚。于是，我想起了另一个海岛的故事。那是一个荒诞的故事，也是一个真实的故事。

秦始皇在位12年，曾三次东巡琅琊（在青岛境内），还到过崂山，在崂山的一块岩石上，至今依稀可见"海不扬波"四个石刻篆字。据考究是李斯所写。有一传说，更令人称奇：琅琊有个安期生，号抱朴子，已活了800多岁，仍在海边卖药，他吃的枣比瓜还大！秦始皇见到他之后，二人"语三日夜"。临别时，安期生留书而去，书上说，千年后，求我于蓬莱山。于是，秦始皇便派方士徐福出海寻访，并命他在海上采集仙药以求长生不老。徐福便挑选了童男童女各3000人，并带上五谷种子、药材、农具以及能工巧匠，率领庞大的船队，从崂山脚下的一座小岛出发，驶往东海。自此之后，徐福再也没有回来。人们为了纪念他，便把他出发的那个小岛称作徐福岛。

其实，徐福的船队经历了漫长的航行之后，《史记》上说他们到了一个叫"来源广泽"的地方，便定居下来了。有人说"来源广泽"就是日本。在日本的和歌山县已发现了徐福祠。1929年，日本出版过《徐福》一书；在和歌山县还有一个保护徐福"史迹保胜会"。1930年还举办过"徐福来朝2000年祭"纪念会，中日两国人民之间的交流和友谊源远流长。有些日籍人氏游览崂山时，听说徐福当年就是从这里出发的，便下车瞻仰，并双手合一，表示敬意。

徐福，琅琊人，是秦代的一位方士，也就是一名道士（在秦代，将有道之士或方士统称为道士）。道教是中国土生土长的传统宗教，源于秦代之前，是中国传统文化乳汁养育而成的。道教崇尚神仙，秦汉以来，崂山便笼罩着一层神秘的神仙色彩，被说成是"神仙窟宅"，除了秦始皇、吴王夫差、越王勾践、齐景公、汉武帝等人都曾到过崂山，大约都想去结交神仙，以求不死。

　　李白也是一位道士,他自"赐金放还"后便到了山东,济南的北海天师李如贵为他举行了"授箓"仪式,自此成为道士。他到崂山下太清宫,为友人吴筠写了一阕《清平乐·吟蟠桃峰》,由吴筠谱曲,并教太清宫的道士们演奏。此曲后来以《步虚》流传于世。他还在诗中说,"我昔东海上,崂山餐紫霞。亲见安期公,食枣大如瓜……愿随夫子天坛上,闲与仙人扫落花。"

　　苏轼在宋熙宁七年(1074年)任密州太守,崂山属密州管辖,他在《盖公堂记》中写道:"崂山多隐君子,可望而不可见,可见而不可致。"

　　文坛前辈们求仙崂山的传说,蒲松龄肯定知道,但他却别出心裁,写了一个求仙学道的另类。

　　我望着眼前的这株枝繁叶茂的耐冬,心里有些疑问,便悄声问道士,这株耐冬真的是蒲松龄写的那位红衣少女吗?

　　道士朝我肯定地点了点头。我知道自己的语气中含有疑问,有些不妥,便转了个话题,问道,那株白牡丹呢?

　　他没回答,转身回到了屋里,端来了一个茶盘,上面放了一把茶壶和两只茶杯,他说,这是用崂山泉水泡的崂山茶,你尝尝。我们坐在耐冬树旁边的台阶上,边品茶边闲聊起来。

四

　　我又问起了那株白牡丹,他说,早年,太清宫确实有一株白牡丹,花大艳丽,香气袭人,已在宫中生长了数百年。谁知被一个姓蓝的恶人看中了,来到宫中大发淫威,硬是将白牡丹挖走了!又过了些日子,有一天夜里,一位道士听见有敲门声,推窗一看,见一白衣少女站在窗前,大声说道:"我回来了,我回来了!"次日清晨,道士果见白牡丹的残根上生出了新芽,不久,便长出枝条，重新开花了！

有人将《香玉》改名为《崂山鬼恋》，拍成了电视连续剧，香港一家公司还拍成了电影。不过，我对电视剧的剧名觉得别扭，因为红衣少女和白衣少女都是树仙，而并非鬼妖！

道士对我的观点表示赞同。

正说着时，听见院外传来阵阵嘈杂之声，他连忙拾了茶具，站在耐冬旁边。原来，他的任务就是守护这位红衣少女。

五

旅游大巴又送来了一批游客，接着，这里又上演了柳泉的那场闹剧。

这是一批清一色的青年游客，他们进来后，有的在耐冬树下拍照留念，有的在听导游员的讲解，一位金黄头发的男士指着耐冬嬉笑着说，上帝保佑，让我也能交上桃花运，遇见花仙！一位穿着十分前卫的女士，让男友为她拍照，趁道士不在时忽然爬上了树丫，两条腿在半空中摆动着，脚趾甲上涂着妖冶的色彩，不雅之态令人生厌。这时，道士匆匆赶来，他以单手施礼，说道："施主，珍贵树木，不可攀登！"

那女子红着脸，和男友讪讪地走了。

最让人难以忍受的是他们制造的噪音，不知谁打开了音响，一个衣衫既窄又短的年轻女孩，在天井里边唱边舞，接着，她的同伴们也加入进来，扭动着身子，狂歌劲舞，旁若无人。旁边有人悄悄说道，这是一群超女的粉丝们！

对于清静无尘的太清宫来说，这无疑是一种灾害！

他们走了，院子里也安静下来了。那位道士连忙打扫散落的矿泉水空瓶子、包糖的锡纸、烟头等垃圾，脸上有种无可奈何的神情。我调侃地说，要是蒲松龄先生看到了这一幕，不知能写篇

什么?

他听了,苦笑了一下,算是自己的回答。

离开太清宫,我又回头看了看绛雪,它静静地亭立在天井里。我想,它也许正在细细品味人世间的种种快乐和种种烦恼?

我在心里默默祝福她:与崂山为伴,永远不老!

西山采灵芝

颍州西湖遗韵

数次路过阜阳,也就是古颍州,总想去看看颍州西湖的风光,但终未能如愿,心中便生憾意。这是因为有两位被贬的歌者,在一千余年前行吟于颍州西湖之上,至今仍留余韵。

古籍中载,颍州西湖是颍河和泉河交汇之处,形成的一片长约5公里、宽约1.5公里的湖泊。因湖泊在颍州城西,故称西湖,西湖风景绝佳。

北宋皇祐年间,任知制诰的欧阳修,因直谏上书而被贬出汴京,出守颍州。他常常流连于颍州西湖之滨,曾写了10首《采桑子》咏赞颍州西湖之美,而每首词的首句末三字,均以"西湖好"领起,尤为奇妙。如第一首:

轻舟短棹西湖好,绿水逶迤,芳草长堤。隐隐笙歌处处随。无风水面琉璃滑,不觉船移,微动涟漪,惊起沙禽掠岸飞。

此词虽侧重描绘了西湖的静景,但静中有动,意境幽远,富有神韵,表达了诗人对颍州西湖的爱怜之情,也表明了诗人独具慧眼的审美观点,耐人寻味。欧词一出,颍州西湖名声大噪。他的门生苏轼步其后尘,于北宋元祐六年(1091年)八月出任颍州时,与友人陈师道和欧阳修的两个儿子同游西湖,写了一首长诗《泛颍》。他在诗中说,他上任十来日,已九游颍州西湖。人们笑着说,这位使君既老又痴。他说他并不痴,而是湖水太美了!他临水照影,问水中的人是谁呀?水生涟漪,影子碎了,又散成了 100 个东坡……这是苏轼的率真和天性。

苏轼喜爱颍州西湖的另一个原因，还揉进了他对欧阳修的敬仰和怀念。欧阳修是三苏的引荐者，对苏轼尤为器重。嘉祐二年，欧阳修主持礼部考试时，苏轼在考卷中为了文气的需要，杜撰了一个掌故。欧阳修后来知道了，不但未生气，反而称赞他善于读书，还多次表示"老夫当避此人，放出一头地"。他在助了苏轼一臂之力的同时，也为后人留下了一个"出人头地"的成语。

欧阳修回汴京后，曾诏为翰林学士、枢密副使、参知政章、太子少师等职。因他为人耿直、不阿权贵，但又关心国家安危，同情百姓疾苦，与执政大臣政见不合，晚年退隐颍州。苏轼曾去颍州看他，还写了一首《陪欧阳公燕西湖》。却不想这位北宋文学改革运动的领导者，竟于次年病故下世。

二十年后，苏轼再来时鬓发已霜。就在他重游故地忆故人的船上，忽然听见了一名歌女在吟唱欧阳修的词，他步着原韵填了一首《木兰花令》：

霜余已失长淮阔。空听潺潺清颍咽。佳人犹唱醉翁词，四十三年如电抹。

草头秋露流珠滑。三五盈盈还二八。与余同是识翁人，惟有西湖波底月。

故人虽已离去，但圆了又缺的西湖之月，还忘不了他的音容笑貌。人事沧桑，多少惆怅！

好在欧阳修的两个儿子因居母丧，都住在欧阳修生前筑造的"聚星堂"里，苏轼冒着大雪前往拜访，还写下了一首《聚星堂诗》。

就在这场大雪之后，他得知城中灾民饥寒交迫，便日夜忙碌救灾赈济事宜。紧接着又请来黄河的河工,对淤积西湖的泥沙进行治理、疏通。工程未完,他被改知扬州。当得知西湖工程已告竣工时,还特意向颍州通判写了一首诗表示祝贺。

他人在扬州,心里却常惦着颍州的西湖。欧阳修在《西湖戏作示同游者》中有"都将二十四桥月,换得西湖十顷秋"之句,苏轼则有"二十四桥亦何用,换得十顷玻璃风"之唱。二人的诗句都洋溢着对颍州西湖的浓浓眷恋。

欧阳修是从扬州改任颍州的,苏轼是从颍州改任扬州。他们在颍州相会,最后又在颍州分手。颍州西湖见证了这对文坛师生的缘分。

颍州西湖有幸,因为在粼粼水波之中,仍飘荡着这两位诗人的遗韵。

十笏园看竹

　　潍坊的十笏园，因与板桥先生有些关系，故而游人如织，成了一处不可多得的人文景观。

　　我是慕名而去的。随着熙熙攘攘的人群，一走进十笏园，心中就有了某些感觉。第一个感觉，是市井的喧哗和浮躁被隔在园外了；第二个感觉，是园中的竹子特别多，也特别绿；第三个感觉，是板桥先生得益于园中之竹，才有了名噪天下的丹青之竹和诗歌之竹。

　　十笏园并不大，但错落的榭台亭阁有一种似曾相识的韵味，尤其那些绿得养眼的翠竹们，总是恰到好处地出现在游者眼前，好像在时时提醒人们记住它，因为它是你的知己。

　　在园中走累了，我在一座亭子的长椅上小憩。亭边有一丛竹子，数十根竹竿向天空探去，有一种奋力向上的气概。这时，有一群年轻的游人以竹为背景，纷纷抢占最佳位置，将竹子和他们的身影定格下来。他们刚走，又来了一拨，谈笑之声不绝于耳。

　　其实，十笏园的竹子和江南的竹子比起来，就太平常了。我曾在湘西看到过方竹、紫竹和斑竹，还有在滇南见过参天的楠竹，乡民锯下一截，就是一只大水桶！还有那些被称为竹山、竹海的地方，那是名副其实的竹子世界！也许北方少竹的缘故，所以，人们才青睐十笏园的竹子。

　　看到眼前的这些竹子，便会想到擅长画竹的板桥先生。他曾说过:"江馆清秋,晨起看竹,烟光、日影、露气,皆浮动于疏林密叶之间。胸中勃勃,遂有画意。其实胸中之竹,并不是眼中之竹也。"他眼中之竹,是摸得着、看得见的竹子,他胸中之竹,是中国文人的一种风骨!

一个七品潍县令,画了几竿清瘦竹,竟赢得了天下人的认可和赞许!其魅力难道仅仅是高超的丹青之技吗?

衙斋卧听萧萧竹,疑是民间疾苦声。
些小吾曹州县吏,一枝一叶总关情。

这首诗和他的竹子一道,墨迹未干,便被流传开了,一直流传到今天,不但仍无衰败之象,而且还会被继续流传下去。因为诗中有一种人格力量,能弹拨到人们的心灵,并在心灵中引起共鸣。

在十笏园看竹,其实是在看人。所看之人,就是这位板桥先生。当年山东闹饥荒,他竟敢开仓赈济,结果得罪了上司被罢官,自此以卖画为生。他的一幅《竹石图》,可谓登峰造极,画面上竹竿三五,瘦石一块,如此而已。其墨竹神态挺拔而潇洒,笔势纵横,老竿新篁,层次分明。大约画完之后意犹未尽,又洋洋洒洒地在竹丛之中题写了一段长跋。此跋亦令人拍案叫绝,原因有三,其一是题款书体大大小小,正正斜斜,疏疏密密,高高低低,灵巧穿插,不拘一格;其二是行文一反从右向左的常规,而是从左向右,由上向下,书写在竹石的空隙之处;其三是道出了画竹的精髓,可谓是书画双绝。

一阵清风拂过,竹子们轻轻摇曳起来。我抬头望去,见枝上的竹叶抖动着,不知是在轻声低语,还是在咏哦《竹枝词》?我乃凡夫俗子,难解其意罢了。

竹子有恩于人。笋可食,竿可造纸,竹布可做夏服,竹帛能记载文字，竹简可以为书。还可以为薪、为笠、为瓦、为桥、为筷、为箱笼……就是竹子到了生命的尽头时，还忘不了造福于人，它会拼着最后的全部养分开出竹花，并结出稻谷般的竹米，据说，竹米异常香糯，极为可口。不过，竹农们不忍心吃它，而是将它深埋入土里。

板桥先生画竹画了40年，大约是画糊涂了，于是就写了一首糊涂歌。不想这首糊涂歌却惹得许多并不糊涂的人争相传诵，有的人甚至还制成了条幅，挂在厅堂的显眼处，以佐证自己也是糊涂一族的人。这是一种时尚。

其实，板桥先生的糊涂之处在于，他把竹子当成了自己，把自己当成了竹子。

于是，他糊涂着走出了十笏园，又糊涂着走进了"扬州八怪"的行列里了。

冼 夫 人

应友人之邀，我参加了中国（海口）冼夫人文化节。

在古代的巾帼英雄中，影响最大、流传最广的是替父从军的花木兰和百岁挂帅的佘太君了。她们的形象走进了诗歌，走上了舞台，她们的名字已家喻户晓、妇孺皆知了。但她们只是属于文学作品中的巾帼英雄。

岭南的冼夫人，却是有史可查、有据可考的一位巾帼英雄。她被后人称为"岭南圣母"、"女中奇男子，千古推第一"。她事国以忠、亲民以德、行政以仁，恩播南越、威震南天，深受人民爱戴。周恩来曾誉之为"中国巾帼英雄第一"，江泽民称她是"我辈及后人永远学习的楷模"。

冼夫人，名英，公元512年生于广东高州，其家庭为南越世代首领，其部落有十几万家。她是公元6世纪南越的杰出领袖。80岁（也有84岁、90岁之说）时在海南巡视途中辞世，按当时风俗，归葬娘家故里。

冼夫人出嫁之前就很贤明，善于筹略，抚循部众，能行军用师，敢压服诸侯，是位少年女英雄，深得百姓拥戴，后与高凉太守冯宝结婚。她经历了梁、陈、隋三个朝代，并拥有自己的庞大军队，其活动范围跨越南越十余州，地域包括粤西南、桂东南和海南岛。当时她完全有条件割据一方，但她始终以大局为重，致力于维护国家统一和民族团结。在梁朝时，她力请朝廷在海南设

置崖州，使脱离大陆656年的海南岛重新回归中央政权的统治，使海南与大陆成为一个整体。她还教化民众，传播大陆的先进文化和技术，极大地改变了那种部落割据、互相残杀的原始落后状态，使海南社会得到了安定，经济和文化也有了较大的发展。她利用海上资源，发展海上贸易，沟通与大陆和东南亚诸国的贸易和文化交流。她还率领军队平息了高州刺史李迁仕的谋反，被梁朝册封为"保护侯夫人"。

陈朝时，广州刺史欧阳纥谋反，并将冼夫人的儿子骗去作为人质，以诱迫她同反。但她不为所动，毅然与朝廷派去的军队一道，击溃了叛军，被陈朝册封为"石龙郡太夫人"。

当隋朝灭了陈朝之后，岭南数郡共举冼夫人为主，尊她为"圣母"，并力劝她独立为王。隋朝使臣将陈后主的遗书和她赠给陈后主的"扶南犀杖"交给她时，她才确信陈朝已亡，便召集首领数千人"尽日恸哭"，并以国家统一为重，力排众议，归顺了隋朝。隋朝册封她为"宁康郡夫人"，以表彰她顾大局、识大义的品行。

冼夫人70岁时，番禺人王仲宣率领诸州谋反，形势十分紧张。冼夫人立即率兵平叛，她"所到之处，闻风归顺"。平叛后，冼夫人骑着骏马，护卫着隋朝的使臣巡抚了诸州。隋文帝册封她为"谯国夫人"，并授予六州兵马，铸印造府。她80岁时还持朝廷诏旨巡察了十余州，安抚俚、黎各族人民。她在巡察途中因病辞世后，隋朝追谥她为"诚敬夫人"。

1400多年来，海南各族民众每年都要举办祭拜冼夫人的民间活动，这种大规模的冼夫人文化节已举办了四次。今年文化节的开幕式设在新坡镇的冼夫人广场。当我提前乘车赶往新坡镇时，会场里已经人山人海了，而通往广场的路上，是看不到尽头的车水马龙，许多人用篮子装着香纸和果瓜酒肴，从田间小道上络绎不绝涌向冼夫人雕像周围。听友人说，在香港、台湾，马来西亚、越南、新加坡等地都建有冼夫人庙。广东的茂名有冼庙20余处，海南岛各地有100余处！远在欧美、大洋洲和东南亚的冼夫人后裔，每年都要回到冼夫人故里，其寻根问祖的情景感人肺腑。

广场上锣鼓喧天，鞭炮震耳。一会儿声音渐息，人们的目光都注视着广场中心。原来，表现当年冼夫人指挥军队作战的"沙场点兵"，正在绘声绘色地进行着。那些手持长矛、弓箭的古代士兵，在冼夫人的指挥下，不断地变化着队形和动作，威武而又雄壮。

我望着骑在高头大马上的冼夫人，心绪难以平静。千百年来人们对她的顶礼膜拜，不仅仅是她的丰功伟绩，还因为她的情操、气节和胆识，诠释了维护国家统一、民族团结的伟大精神——爱国主义精神。

爱国主义，是中华民族的传统美德。

后庭花和胭脂井

在六朝古都的南京市，有吟哦不尽的好诗妙词，也有说不完的昔年轶事，单就"后庭花"三个字，就能令后人回味再三了。

所谓六朝，从孙权由武昌迁都建业（今南京），在清凉山建造石头城，到此后的东晋、宋、齐、梁、陈，均建都于南京。在300多年的时间里，共有40个帝王以这里为舞台进行过表演。他们的下场虽不尽相同，但在位时的荒淫奢侈和醉生梦死，却都达到了登峰造极的程度，而六朝末代的陈后主，更是别出心裁。他即位后，即在台城建筑宫殿楼阁，其中的临春、结绮、望仙三座楼阁，均以香木建造，各高数十丈，并在上面饰以宝瓶，缀以玉珠。他还作了一些轻薄靡丽的诗词命宫女们演唱。至于政事和百姓的疾苦，他全都抛到九霄云外了。公元598年的除夕之夜，杨坚出兵伐陈，包围了都城。此时的陈后主正在景阳宫的宴席上听歌观舞。当属下将都城被围的紧急文书送给他时，他连拆都未拆便扔到床底下去了！当杨坚的大军攻进宫中时，陈后主躲进了景阳宫中的一口枯水井——景阳井中。杨坚的士兵向井中喊话，要他出井投降，他死不肯出来。当士兵们准备向井中投抛石块时，他才答应投降。士兵们向井中放下绳索欲将他拉上井时，觉得他奇重无比。等到拉上井口时，才发现绳索上系着三个人——他、张贵人和孔贵嫔！

他当了俘虏，两位宠姬被杀！

也许是宠妃的胭脂染红了井水的缘故，后人称此井为胭脂井，也有人称此井是"辱井"。陈后主曾作过一首《玉树后庭花》，并命乐工谱曲，在宫中演唱。自此"后庭花"便成了一个典故。唐代的杜牧在《泊秦淮》中曾经提到过它：

　　烟笼寒水月笼沙，夜泊秦淮近酒家。
　　商女不知亡国恨，隔江犹唱后庭花。

刘禹锡也用过"后庭花"这一典故：

　　台城六代竞豪华，结绮临春事最奢。
　　万户千门成野草，只缘一曲后庭花。

元代诗人陈孚的《胭脂井》说的更为明白：

　　泪痕滴透绿苔香，回首宫中已夕阳。
　　万里山河天不管，只留一井属君王。

如今，再也听不见"后庭花"的曲调了，只是在景阳宫旁的那口枯井旁边，多了一块石碑，上面刻着"古胭脂井"四个大字。那里野草丛生，游人稀少，显得有些荒凉。
看来，人们并不喜爱那首《后庭花》，也不喜爱这口胭脂井！

绿珠化泪珠

时尚,是一种另类的传染病,人们很难预防它,有的人甚至心甘情愿地接受它的传染,因为它赏心悦目,富于挑战。比方说曾引起过争论的"黄金宴"就是其中一例。

一座城市的繁华大街上,我突然看到了有些眼熟却分明又是第一次见到的店名——金谷园!

我不知道金谷园里边是一种怎样的气派,仅从店外的装潢、门口停泊的汽车和进进出出的客人那里就分明知道,这是一家颇具档次的豪华酒店。

我一下子想起了另一座金谷园——西晋巨富石崇在洛阳金水河边修筑的金谷园。

史书上说,石崇的父亲石苞曾任过司徒之职。他曾帮助司马炎篡夺曹魏天下时立有功勋,在征讨孙吴时也建有战功,被拜为征虏将军、荆州刺史、太仆、卫尉卿等职。他是西晋时的首富,其财富除了继承的大量祖产外,在任荆州刺史时,他还千方百计地搜刮民脂民膏,还抢劫过路的客商和外域的使节。他家的财宝堆积如山,任何一位王公贵胄都难以同他匹敌,可谓富可敌国。因为有的是钱,石崇生活的奢侈和华丽也达到了登峰造极的地步。

历史上那场有名的"斗富"就是在石崇和王恺之间进行的。王恺不但是洛阳富豪还是晋武帝的亲舅舅。斗富时,王恺因得到了皇帝的支持而有恃无恐，谁知一比试，就败下阵来了：王恺用糖水刷锅，石崇用蜡烛烧火；王恺用赤石脂（止血药）抹墙，石崇用椒料（调味品）和泥；王恺用丝布做步障四十里，石崇用锦帛做步障五十里！有一天，晋武帝赐给王恺一枝二尺高的珊瑚树，颜色鲜艳，极为稀贵，他拿出来向石崇炫耀。谁知石崇拿起一根木棒一挥，珊瑚树便被击成了碎块！他又命人一下子搬出数株珊瑚树，每株都高过王恺的珊瑚树！他让王恺任意挑选！

石崇在洛阳修筑了金谷园之后，与当时的潘岳、左思、陆机等二三十位文士结成诗社，称为"金谷二十四友"，其作品由他结集编成《金谷诗集》，其序亦是他撰写的。他在序中说，金谷园中的亭台楼阁有数百处之多！其间栽有奇花异草，配以清泉流水，还养了许多珍奇禽兽，他的众多宠妾居住的楼宇雕梁画栋，金碧辉煌。金谷园在当时已是天下之冠！

不过，更名噪天下的，应是金谷园中的一位名叫绿珠的女子！

石崇当年出使交趾（今越南）时，曾买回了一些能歌善舞的妙龄女子，绿珠就是其中的一个。石崇买她时花了三斛珍珠！绿珠不但外貌俊美，且歌声甜润，舞姿轻柔，又善吹竹笛。石崇教她吟诗作曲，她天资聪慧，一学即会。她还善解人意，深得石崇宠爱。

乐极生悲。不久，赵王司马伦起兵造反，自立为王。跟随他造反的孙秀晋升为中书令，孙秀依仗司马伦而横行霸道。他早就听说了美艳绝伦的绿珠，便派人去金谷园索要。石崇把所有宠妾都叫到一起，由来人任意挑选，但来人指明只要绿珠。石崇一气之下把来人赶出了金谷园！

孙秀又气又恨，便诬称石崇谋反，假借皇上名义派兵去金谷园捕杀石崇。当大批士兵包围了金谷园时，石崇和绿珠正在楼上饮酒。石崇知道自己在劫难逃，便对绿珠说，我因为你而得罪了

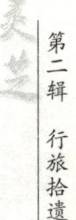

孙秀这个小人，今日恐难以脱身了。

绿珠也知道石崇是因为自己才惹出杀身之祸的，心中十分愧疚，她泪流满面，久久望着石崇，最后说道：我永远不忘你的知遇之恩，今天我用一死来报答你！说完，纵身从楼上跳下去了！

孙秀没有得到绿珠，便将仇恨集中在石崇身上，不但抄没了他的家产，还将他的一家十五口全部杀害了！

又过了500多年，晚唐诗人杜牧路过金谷园时，写下了一首《金谷园》：

  繁华事散逐香尘，流水无情草自春。
  日暮东风怨啼鸟，落花犹似坠楼人。

诗人想到的，是金谷园昔日的繁华往事，随着芳香玉屑消散而去，只剩下了废园中的流水和青草。傍晚时，忽然听见东风送来鸟儿的啼鸣声，那声音显得格外凄凉悲切。尤其将树上的落花和当年的坠楼人联在一起，引起了他的无限追念。当年的绿珠，终于化成了一颗千年不干的泪珠，任凭后来人慢慢地品味其中的悲酸和苦涩。

如今，有不少地方都在修缮或仿建一些古代的建筑，但还没听到要建金谷园的信息。我由金谷园想到了北宋诗人李格非写的《洛阳名园记》。借助那篇只有三百多字的文章，便更容易解读石崇的那座金谷园。

金谷园早已飘逝了，化为泪珠的绿珠，却永远留下来了，留在后人的诗句和感叹里。

不过，我也有些怀疑，在这家金谷园酒店的食客中，又有几人知道金谷园的来历？

五 台 月

　　一到五台山，放眼望去，山坡上，峡谷里，丛林中，尽是式样各异、规格不同的佛寺，俨然走进了一个红墙黄瓦的佛国！

　　据说五台山上的佛寺有360余座，供奉佛像30000余尊，大的高60多米，小的仅有0.05米，若要瞻仰每一座佛寺和每一尊佛像，没有大半年的时间是下不了山的。

　　五台山雄峙于晋东北，有清凉山、紫府山、五顶山、五龙山、灵鹫山等别名。分为东台、西台、南台、北台、中台五座2400米以上的山峰。山中的佛寺始建于汉代，历经唐、宋、明、清历代扩建和补修，已成为中国佛教的四大名山之首。在2000多年的岁月中，它吸纳了印度佛教、汉传佛教、藏传佛教和中国传统文化的精华，涵括了博大精深的文化底蕴，是一处"天人合一"的大境界，也是"人类罕见、不可再造、不可再生的文化与自然的双遗产"。

　　太阳偏西时，我们一行人去了被称为"五台圣境"的菩萨顶。菩萨顶建于北魏年间，初名为大文殊院，清代成为皇家寺院，不但规模宏大，而且还赦令所有殿宇破格使用黄色琉璃瓦，山前牌楼修成四柱七楼，以显示其"至高无上"的身份。乾隆曾为它题写了"灵鹫圣境"四个大字，东禅院的四棱碑上以汉、满、蒙、藏四种文字刻写的碑文，也是出自他的手笔。

　　我对佛寺金碧辉煌的建筑群并无多少兴致，倒是对清皇室和五台山说不清道不明的关系感到好奇。据史料载：康熙曾五次朝拜菩萨顶，这大约与顺治皇帝出家有关。顺治是清太宗皇太极的九子，六岁即位。《清史通俗演义》中说，有位叫董鄂的汉族女子，被掳北去。顺治见她秀外慧中，便对她格外宠幸，并封为贵妃。顺治十七年秋董鄂病逝，顺治曾辍朝五日，并追封她为"孝献庄和至德宣仁端敬皇后"。这位大清帝国的开国皇帝痛不欲生，遂遁入空门，削发为僧。

故事到此并未结束，后来又衍生出康熙帝奉母之命寻父的故事。康熙第一次到五台山时，除正常的伴驾官员外，另外又安排五名太监带了数千双袜子同行。他们每到一寺，便将僧人召集起来，每人都要换袜子，并要当着太监的面脱下旧袜，让太监看过脚底之后再穿上新袜，结果袜子换完了，也未找到脚心有红痣的人！最后听善财洞的和尚说，有一临时住宿的和尚在换袜前失踪了，曾留下了一首诗：

未曾生我我是谁？生我之时谁是我？
长大成人方是我，合眼朦胧又是谁？

前两句说的是"生"——我从哪里来？后两句说的是"死"——我往哪里去？

康熙将这首诗带回了北京，其母见了，认定这就是顺治的笔迹，遂命他再次去五台山去寻找。他又去了五次，皆无结果，此事便成了一段无法破解的公案。

我对这个传说的真实与否并不感兴趣，感兴趣的是菩萨顶的108级石阶。站在灵鹫峰下向上仰望，那108级石阶宛若挂在半空中的天梯，梯顶上是香烟袅袅的佛国，梯下则是芸芸众生的凡尘。佛家认为，从凡间到佛国，要经过108种人生的烦恼。佛家把解脱烦恼之道称为法门，每登上一级石阶，就意味着解脱了一种烦恼。

当把108级石阶都经过了,也就把人生的所有烦恼都跨过去了。

陈毅元帅当年登临菩萨顶时,就是沿这道石阶拾级而上的。他曾写过一诗:

　　本不游五台,迂道时日紧。
　　至今有余欢,曾踏菩萨顶。

离开菩萨顶后,我顿时后悔起来,原来导游误导了我们!她为了节省我们的时间和体力,便让我们乘车先到了山顶,从后门进寺,而后再沿着108级石阶下来,走出了大门。也就是说,我们没有由下往上登临108级台阶,人生的108种烦恼连一种都未解脱!不但未解脱,为此还增加了一种烦恼!

待我再回眸菩萨顶时,那些富丽堂皇的佛殿,已在渐浓的暮色中半隐半显了。

路上的行人颇多,既有成群的游客,也有虔诚的香客,还有身着褐衣的年轻僧人,当然也有"穿得烂,走得慢,身上揣着20万"的煤老板们。但这里没有夜总会,没有歌舞厅,没有刺耳的喧嚣,让人感到了一种久违了的静谧。

晚上,想起了那108级石阶,竟无睡意,索性坐在窗下。这时,一缕特有的烟香飘来,但未听到诵经之声。我仰头望去,见一弯清月高悬在五台的夜空。我久久地凝视着它,它也久久地凝视着我。我忽有所悟:就是这弯清月,当年它凝视过多少曾经凝视过它的人?他们的烦恼都解脱了吗?

人的一生,就是和各种各样烦恼结伴而行的,没有了烦恼,也就没有了人生。

夜渐深沉,我仰望天际,五台冷月如钩。我试着问它:你有烦恼否?

冷月不语。

阙 里 行

阙里在曲阜。曲阜的孔府、孔庙和孔林中,至今尚保存着许多古柏,它们树干如铁,枝丫如虬,树冠苍翠繁茂,虽有千年树龄,却显示出极强的生命活力。

我站在孔府的一株老柏树旁边,轻轻地抚摸着粗糙的树皮,思索着它经历过的朝代。这时,一队五六岁的孩子从我身边走过。他们身穿汉服,在同样穿着汉服老师的护卫下,正朝大成门走去。我知道,这是一群正在学习国学的孩子们前来参观。因为当前学习国学方兴未艾,不仅国内学习国学已蔚然成风,孔子学院亦如雨后春笋般的出现在世界各地。孔子的著作已成了畅销读物,少年儿童学习国学已不是稀罕之事。不过,看到这些孩子前来拜访2500年前的孔老夫子,仍让我感慨颇多。

孔子是世界十大文化名人之首,他的故乡曲阜已成了著名的历史文化遗产,前来拜谒和参观的人群,每天都像潮水般涌来,他们中既有国人,也不乏外籍的学者和艺术家们。我曾遇见过一位欧洲男子,他身上背着各种各样的摄影器材,架好支架后,他站在拥挤不堪的人群中,如身在无人之境,从不同角度用不同相机,对准巍峨的大成殿拍个不停!

大成殿是孔府的主体建筑,也是祭祀孔子的主殿,庄重,华丽,堂皇,朱砂色的门扇,深红色的庙墙,黄琉璃瓦的屋顶,以及28根雕龙汉白玉石柱,显示着独一无二的身份和尊严。这时,那队身着汉服的孩子们鱼贯走来,那位外籍摄影师连忙将镜头对准他们,又是一阵快速抢拍,他边拍还边伸出拇指摇晃着,拍摄完了,向孩子深深躹了一躬。

在诗礼堂的院子里,有一方墙壁,旁有石碑,刻有"鲁壁"二字,那群孩子静静地站在鲁壁旁边,正在听一位老者的讲解——

孔鲋是孔子的九代孙,字子鱼,博通经史。秦始皇统一中国后,召他为鲁国文通君。秦始皇接受李斯建议焚书坑儒时,他把孔子留下的《论语》、《尚书》、《孝经》、《礼记》等经典著作,藏在了故宅的墙壁里,自己隐居嵩山。西汉初年,鲁恭王刘余扩建宫室,拆除孔子故宅时,才发现了这批经书。

正因为有了鲁壁,四书五经才得以传世,传承了儒家思想。鲁壁有功,功不可没!明代有位诗人写过一首诗:

蝌蚪出从古壁中,至今大地书文同。
秦人遗下六经火,三月咸阳焰尚红。

我望着这方其貌不扬的鲁壁,心里想,假若没有鲁壁,不知中国文化将会是一种怎样的走向?我对鲁壁肃然起敬,顿时有了高山仰止之感。

孔林是孔子及其族人的陵墓,古地3000余亩,垣墙有3米多高,1米多厚,15里之长,葬有坟墓10万余座。陵园中还有大量的殿、门、坊、亭等古建筑。在有3万多株古树的孔林里,碑石如林,石仪成群,是一座历史最久、规模最大的天下第一墓!也是考据春秋之葬和秦汉之墓的最佳现场,还可研究历代政治、经济、文化发展和丧葬风俗的演变。

我似乎与那群孩子有缘,走出孔林之后,忽然听到一阵朗朗的读书声。

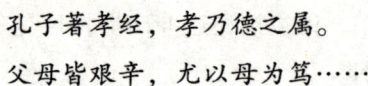

孔子著孝经，孝乃德之属。

父母皆艰辛，尤以母为笃……

原来那群孩子正在几株古柏下朗读《劝孝歌》，那种稚声未褪的童音，阴阳顿挫，清脆悦耳，听了让人为之心动。

我从一位老师手中接过一册《中华孝道故事》，书中除有古人孝敬双亲的故事外，还有邓小平赡养继母，许世友四跪慈母，陈毅探母，李先念肉丸敬母等文章。

孝，是人伦道德的基石，是中华民族的美德，这种美德将万古长青！

离开阙里后，那群孩子们的读书声，仍在耳边萦绕，在天际间回荡……

西山采灵芝

连 理 树

早就听说过连理树这个名字,却一直无缘亲睹,只是在一些传说中窥见过它遥不可及的倩影。白居易在他的《长恨歌》中,曾写过唐明皇与杨玉环在七夕之夜,说过"在天愿作比翼鸟,在地愿为连理枝"的山盟海誓,但当"渔阳鼙鼓动地来,惊破霓裳羽衣曲"时,马嵬坡前的刀光剑影,便毫不留情地击碎了他们的爱情神话。

连理树到底是什么树种?它的枝、它的叶和它的树干是什么样子?世上到底有没有这种树?在哪里还能看到连理树?我曾问过许多人,却没有人说得清楚。

一个偶然的机缘,连理树却蓦然出现在了我的眼前!

久慕海南的红树林之名,春节期间,便乘车去了琼山县的东寨港,那里有一片五万余亩的红树林,属国家级自然保护区。红树林是生长在海水中的木本植物,有"海上绿洲"和"海上森林公园"的美称,它们以自己的身躯抵抗着海浪的冲击,守卫着海岸的泥土。它们树冠硕大,形态独特,是一种少有的奇观。

游览红树林,需乘船在林中的水巷中穿行。此时正值退潮,红树林中露出了泥泞的滩涂,但没有我想象中成群的螃蟹,也没看到善于爬行觅食的跳鱼,偶尔能看到几只白鹭和一些叫不出名字的水鸟。不过,红树林里圈养着众多的鸭、鹅,有些煞风景,其气味在红树林中弥漫着。我想,红树林里若过度饲养家禽,对

于这片珍贵的红树林，将会是灾难性的。由于退潮水浅，小船受阻，只好原路回到了岸上。

正准备上车时，不远处的两株大树引起了我的注意，这是两株巨大的榕树，两树之间相距约五步，每株都有数人合抱之粗。它们枝叶繁茂，郁郁葱葱，极有生气。再细看时，却忽然发现，在两树之间的分丫处，竟有一根合抱粗的树枝，将两株大树联结起来了！

我忽发奇想：这会不会是两株连理树呢？

走近时发现，将两株榕树联结在一起的那根树枝，呈半月形，像一座小拱桥，桥的两边各连着一株大榕树。这果然是两株十分罕见的连理树！

我站在树下，仰头看了一会，又绕着两株榕树转了一圈，对于那根半月形的树枝，竟分不清是从左边的榕树上长到了右边的榕树上，还是从右边的榕树上长到了左边的榕树上？但我凭直觉知道，它从两株树身上汲取的水分、养分，又源源不断地输送到了两棵榕树的身躯中，滋润着两株树的每片树叶。两株榕树你中有我，我中有你，不弃不离，共生共荣，经历了漫长岁月的磨难之后，终于修炼成如今的模样。

这时，一位年轻男子骑着摩托车来到树下，他点燃了香烛，还放了一串鞭炮，然后双手合十，默默地祈祷着。我问他，为什么来树下拜祭？他淡淡一笑，说，是祖辈传下来的风俗，说完，便骑车走了。

乍听"祖辈传下来的风俗"，并没刻意去想，但细细品味，不知为什么，感到心头一震。

我很想知道，是什么人栽下了这两株榕树？它们在这里相扶相伴了多少个岁月？经历了多少场风雨？发生过一些怎样的故事？虽然没有人告诉我，却也为我留下了更多想象空间。

眼下，有的城市为富豪巨贾们定身打造的超豪华相亲会，让人看得眼花缭乱,"宁在宝马车上哭,不在自行车上笑"的新潮女子,蹿红媒体,闪婚闪离的闹剧一场接着一场,那些隐蔽地下的二奶们已登堂入室,正在进行夺位大战……这些林林总总的社会生态,正在向"祖辈传下来的风俗"发起挑战。

其实,"祖辈传下来的风俗"并非都是守旧、愚昧,它也是一份遗产,更是一种文化。不论我们意识到还是没有意识到,"祖辈传下来的风俗"已经渗透进我们的血液里,也融进了我们的灵魂。

离开红树林时,我忍不住又回头望了望那两株连理树。在蓝天和碧海的衬托下,连理树成了一幅剪影,轮廓分明地印在了天际之间,美轮美奂。

自此,红树林旁边的那两株连理树,便永远留在了我的记忆里,也为漫长的旅途平添了一种感悟。

古吹台下逢知音

著名诗人余光中是这样评价李白的:"酒入豪肠,七分酿成了月光,余下的三分啸成了剑气,绣口一吐,就是半个盛唐!"

被唐玄宗"赐金放还"的李白,离开长安后,与杜甫等友人相约,去游览商丘的古吹台时,却让他遇到了一位知音,演绎了一段爱情佳话。

商丘城东,有一座高台,是春秋时期盲人音乐家师旷留下的遗迹,因他常登台吹奏乐器,后人便称那里是古吹台。古吹台旁边有一座梁园,是西汉梁孝王所建,园中有奇峰怪石,异草珍花,还辟有雁池、鹤洲。梁孝王常与文士在园中游宴弋钓,当时名噪天下的辞赋大家枚乘、司马相如等人,都是梁园的座上客。

李白等人登上古吹台后,极目远眺,地阔天空,风光无限,诗情豪情油然而生。杜甫说,今日登台,抚今怀古,若有酒助兴,必有好诗!

李白十分赞同,他立即命人置办酒肴,在台上席地而坐。大家无拘无束,开怀畅饮。当饮到八分醉时,李白诗兴大发,但身边未备纸笔。于是,他去了梁园旁边的报恩寺,去向僧人借纸张笔墨。谁知寺中虽有笔墨,但缺少纸张。就在他到处寻找纸张时,眼前忽然一亮:院子里有一方洁白的照壁!他一手端着墨汁,一手握着毛笔走到照壁跟前,挥笔写下了"梁园吟"三个大字,接着便笔走龙蛇,洋洋洒洒地写了起来:

我浮黄云去京阙,挂席欲进波连山。
天长水阔厌远涉,访古始及平台间。
……
梁王宫阙今何在?枚马先归不相待。
舞影歌声散绿池,空余汴水东流海。
沉吟此事泪满衣,黄金买醉未能归。
连呼五白行六博,分曹赌酒酣驰晖。
歌且谣,意方远。东山高卧时起来,
欲济苍生未应晚。

写完之后,李白便在寺中的回廊上呼呼大睡起来。

李白在诗中借古人之事,抒发了自己旷达高远的胸怀,也倾吐了内心的痛苦和纠结。杜甫读了之后说道:太白的诗,真可谓落笔惊风雨、诗成泣鬼神啊!

不一会,照壁前便站满了人,有的在吟哦上面的诗句,有的正在执笔抄写。这时,一个小沙弥看到照壁被人涂鸦,连忙提来一桶石灰水,准备刷洗照壁。众人纷纷央求他留下上面的诗句。小沙弥说道,这是方丈化缘来的钱砌起来的照壁,弄脏了,方丈要责罚他的。说完,竟哭起来了!

这时,一位年轻女子款款走来,施礼后说道:"小师父,我愿出十万金买下这方照壁,方丈就不会责罚小师父了!"又转头吩咐女仆:速去取钱!

不一会,小沙弥领着老方丈匆匆走来,老方丈朝女子深施一礼,说道:"照壁之事,就依施主所说,留下上面的大作,至于施主买壁,只当戏言。"

女子摇了摇头,说道:"我既然答应买下照壁,就决不食言。"说完,命女仆将钱放在了照壁前面。

在场的游客亲眼目睹了"千金买壁"的经过,都为这位年轻女子的豪放和决断所感动,纷纷鼓起掌来。不过,也对她的背景和身世,产生了浓厚兴趣。

原来,她叫宗姬,曾祖父宗楚客是唐中宗的宰相,后被唐玄宗所杀。宗姬自幼读书,家学渊源深厚,她喜爱诗歌,尤爱李白的诗歌,是忠实的"白丝"。她不但聪慧好学,也心高气傲,父母宠她如掌上明珠。成人后不知有多少豪门显贵登门提亲,她不是嫌人家养尊处优,不学无术,就是说人家满眼名利,不可托付,将人家拒之门外,至今仍闺字待嫁。今天,她来报恩寺为双亲还愿时,看到了李白写在照壁上的《梁园吟》,心中异常激动,为了保护李白的手迹,才有了"千金买壁"之举。

李白事后听说了此事以后,前往宗府致谢时见到了宗姬。二人从相逢、相识到相知,终于结为了伉俪。那首写在照壁上的《梁园吟》,见证了这段千古传奇。

唐诗中有历史,也有故事。

枫桥听钟

天底下到底有多少禅寺？没有人说得清楚。

不过，天底下有禅寺便有寺钟，这却是一种共识。

在这些禅寺里，又有许多是以寺钟闻名遐迩的，如北京大钟寺的永乐大钟，开封相国寺的相国霜钟，西安小雁塔的晨钟等，其他如洛阳的白马寺、镇江的甘露寺、四川的大佛寺、湖北的玉泉寺、上海的龙华寺等，也有造型各异、声播十里的大钟，但它们都不及苏州寒山寺的那口大钟。

寒山寺的那口大钟之所以名扬天下，是因为张继的那首《枫桥夜泊》。

我每去苏州，都要去寒山寺看看。

其实，寒山寺中的大殿、藏经阁、碑廊等建筑，与其他地方的禅寺也都大体相似。寒山寺在南朝梁天监年间初时，叫妙利普明塔院，后来唐代高僧寒山、拾得从天台山来此住持，遂更名为寒山寺。此寺曾多次毁于兵火，现在看到的，是清代末年重修的。唐天宝年间诗人张继路过枫桥时写了一首《枫桥夜泊》：

月落乌啼霜满天，江枫渔火对愁眠。
姑苏城外寒山寺，夜半钟声到客船。

寒山寺应当感谢张继，因为他的这首绝句，寒山寺才名扬四

海！在寒山寺藏经阁旁边，有座不太大的六角形的重檐钟楼。寒山寺钟声就是从这里发出，而后穿越时空，响彻在古今天际。

许多人都有登楼撞钟的心愿，寺僧们慈悲为怀，基本上可满足每个人的要求，但一是要排队等候，二是要付费。撞钟时用一根吊悬着的碗口粗的圆木撞击大钟，按撞击的次数付费。好不容易轮到我了，我猛力撞了三下，其声远没有我想象的那么洪亮！

其实，我撞的那口大钟，已不是当年张继的那口大钟了。明万历年间曾以生铁铸过一口大钟，后流入日本。钟楼上的这口大钟，是清末所铸，其声震耳，悠扬回荡。

从寒山寺走出之后，我沿着一条古街去了枫桥。踏着古街上的石板，我心里在嘀咕：也许当年张继也曾在上面走过。

枫桥是座单孔拱桥，枫江水从桥下流过，波澜不起，几只小船静静地泊在桥旁，这难道是诗人当年曾经栖身的客船？

听导游说，每年的除夕之夜，都会有从扶桑来的客人聚集在这里，为的就是能亲身体验一下"夜半钟声到客船"的韵味。

望着桥下的流水，我似乎看到了一个满怀愁绪的羁旅者，在暮秋的子夜惆怅地望着点点渔火，此际忽然听到了从古刹传来的钟声，那该是一种怎样的心境！

我忽然悟出，原来，让寒山寺名噪天下的，既不是寒山古刹，也不是张继的诗，而是钟楼里的钟声撞击了人的心灵！

李白的那轮月亮

对李白来说，月亮既是他忠诚的朋友，难得的知音，更是温柔的杀手！

在李白坎坷、传奇的人生中，天上的那轮月亮一直陪伴着他。他像对待自己的朋友那样，对月倾诉，邀月同饮，对月放歌，月下吟哦，还在月下拔剑起舞，也在月下带枷流放，最后，与他的那轮月亮同醉在采石矶的碧波之中了……

一杯酒，一首诗，一斗酒，诗百篇。李白一生到底喝了多少酒？没有人统计过，但有人统计过他写的诗，一共有900多首诗！这是他的族叔李阳冰从他仅存的文稿中整理出来的。

其实，李白的诗作远远不止900首。他与朋友们的唱和诗，分手时的辞别诗，以及突发灵感随手写下的诗歌，以及题写在酒肆、客栈墙壁上的诗歌，不是被岁月的尘埃湮没了，就是被兵火毁灭了。

在这仅存的900多首诗中，葛景春先生统计了一下，其中吟咏月亮的诗就有382首！如：

  小时不识月，呼作白玉盘。（《古朗月行》）
  明月出天山，苍茫云海间。（《关山月》）
  长安一片月，万户捣衣声。（《子夜吴歌》）
  却下水晶帘，玲珑望秋月。（《玉阶怨》）

玉蟾离海上，白露湿花时。（《初月》）

今人不见古时月，今月曾经照古人。（《把酒问月》）

举杯邀明月，对影成三人。（《月下独酌》）

床前明月光，疑是地上霜。（《夜静思》）

……

从这些诗句里，可见李白对月亮的那种难以割舍的情愫了。

李白在咏月的诗篇中，月亮似乎成了一些不同的精灵，如天镜、玉魂、大明、圆镜、阴精、飞镜、圆影、玉钩、独轮、冰轮、玄兔、玉兔等；在诗人的眼里，这些月亮都是多姿多彩的，如初月、新月、明月、半月、弯月、皎月、素月、霞月、艳月、云月、风月、花月、冰月、山月、江月、清月、海月、溪月、池上月、桃李月、绿萝月、水中月、万里月等；他还善于将游历途中见到的月亮写进了诗里，如西江月、金陵月、天门月、秋浦月、罗浮月、秦楼月、五溪月、楚关月、瑶台月、梁王池上月、白鹭洲前月、黄鹤西楼月等；还写了一些与季节时令有关的月亮，如春月、秋月、冬月、寒月、晓月、夕月、夜月、晴月、凉月、边月、遥月、高月、落月、秦月、汉月、古时月……可见诗人已经和月亮结下了不解之缘。

诗人把月亮与自己的命运融为了一体，月亮便成了他生命的一部分了。

我曾多次乘船路过长江岸边的采石矶，也听人说过，那里不但有座天下最大的李白纪念馆，而且山水绝佳，游人如织，可谓千古一秀。但我一直未去逗留，因为我恨采石矶的那轮月亮！

因为要撰写李白，又不得不去了采石矶。

一到马鞍山，便去了采石古镇，迎面便是李白纪念馆，馆内题有"千载独步"四个大字；在太白堂中，绘有一幅李白的全身画像，他头戴斗笠，手持竹杖，双眸有神，飘逸潇洒，正在漫游中华的壮丽河山。让人想不到的是，这位才华横溢、风流倜傥的伟大诗人，走到这里竟停止了自己的脚步！

"天子呼来不上船，自称臣是酒中仙"的李白，到底在这里发生了什么？

此事正史上说得语焉不详，野史和民间的种种传说，倒是既具体又生动。有的说，李白醉酒后，从联壁台上跳进江中捉月，尔后骑鲸升天，成了天上的神仙。

有位老者指着叠翠楼旁边的一块巨大的石头说，那就是李白化身而成的，当地人称它为太白石。

我更相信另一种说法：62岁的李白，从流放途中被大赦后，客居这里时，写下了一生中最后的一首诗《临终歌》：

　　大鹏飞兮振八裔，中天摧兮力不济。
　　余风激兮万世，游扶桑兮挂左袂。
　　世人得之传此，仲尼亡兮谁为出涕！

在一个皓月当空的夜晚，李白披着月光，手执酒壶，独自来到江边，登上了一只小船，坐在船头独斟独饮。这时，中天的一轮明月倒映在江水之中，忽远忽近，忽隐忽现。已经半醉的李白想与月亮痛饮三杯，只是月亮有些顽皮，在水中不断地跳动着，就是不肯跃出水面！李白急了，想去捉住月亮，刚把手伸进水里，忽然听到"咕咚"一声……

就这样，采石矶的这轮温柔的月亮，将我们的诗人勾引走了。

漱玉泉的灵气

自少年时，便爱读李清照。虽然不识人间愁滋味，但总觉得她的词里涌动着一种灵气让我心动。

到了中年，不但仍爱读她的词，还想知道她词中的灵气是从哪里来的。

她的一卷《漱玉词》，我不知读了多少遍，但总是爱不释手。每每读时，便看到一位身单影孤的女子，沿着江南的一条古驿道艰难地走着。她的前面，是漫无尽头的秋风秋雨；她走过的坎坷路上，留下一串珠玑般的词句，词中闪动着泪花，也闪动着我一直苦苦寻求的灵气。

今年暮秋，我来到了山东章丘县的百脉泉，李清照的祖籍就在这里。

来到百脉泉之前，我以为那里不过有一处泉水罢了，但当到了那里，才知道是由许多泉眼组成的泉眼群。在古刹边，在民宅旁，在小桥下，在水塘中，甚至在芳草萋萋的山坡上，都能看到晶莹如玉的泉水。有的泉眼大过合抱，泉水喷涌而出，气势磅礴；有的泉眼细小难辨，小泡自水底冒出，像粒粒珍珠浮在水面。因这里"百脉俱出"，所以才有百脉泉这个名字。此泉与济南的七十三泉一样，源头都来自巍巍泰山。北宋文学家曾巩在《齐州二堂记》中说："历下诸泉，皆岱阴伏流所发，西则趵突为魁，东则百脉为冠。"只是因为这里比济南偏僻，所以常被世人忽视。

因为想急于找到李清照的故居，顾不上领略两旁的风物景色，便径直去了百脉泉。

百脉泉在龙泉寺内，是一个半亩大的方形水池，四周砌有石栏，池中百脉沸腾，吐珠浮翠。在墙上刻有元好问、蒲松龄等人的诗文、墨踪。我发现寺内游人虽多，但大都是来烧香拜佛的。在这里找不到李清照词中的灵气，因为她终身与佛教无缘。

出寺后经人指点，才在寺后找到了女词人的故居——清照园。

刚走到园前，一眼就看到了石碑上刻着的四个大字：一代词宗。走近细看，才知道这是出于舒同之手。进园后是一方照壁，照壁后边，是满满的一泓池水。池中有五眼水桶粗的泉水，不断地向外喷涌着。五座泉眼呈梅花状，所以叫"梅花泉"。大量的泉水溢出水池，汇进了一条湍急的小溪。李清照故居坐落在梅花泉西北隅的一角，几间白墙黑瓦的平房，窗前长着一蓬芭蕉。我忽然想到了琼瑶，她借用了李清照《临江仙》中首句——"庭院深深深几许"四个字，作为片名的电视剧播出后立即就疯起来了，她赚足了眼泪也赚鼓了荷包，而我们的女词人生前冷寂，身后依然冷寂。我看过她的书房、闺房之后，又在回廊里品味历代名士们的墨宝。当地的史料上说，李清照的故居在百脉泉以南，金兵入侵时，李氏皆南渡江浙，其故宅衰败，无人居住。宅基上盖起了赈粮的义仓。大约为了纪念这位"词国皇后"，才在百脉泉北侧新建了这座房舍庭院，这些仿宋建筑虽然雅致有余，但总觉缺了某种书香韵味。

走出庭院后，蓦然看到易安楼旁有一汪小小的泉水，它让我无端地激动起来，泉池面积约有丈余，一股拳头大泉水，从泉眼中汩汩涌出。池边有石，上刻"漱玉泉"。我坐在石栏上，望着一尘不染的泉水，忽然想到，女词人之所以想到将自己的词集题

为"漱玉词",定然与这眼漱玉泉有关。

李清照出生在泉边,她的少女时代就是在漱玉泉边度过的,其父李格非是北宋的著名文学家,他以文章受知于苏轼,是苏门后四学士之一,其母亦善文章诗词:在这样的家庭影响下,再加上她自身的才华,所以少时就有诗名。曾受到词人晁补之的赏识,她的那首《怨王孙》,就是十六岁时写的:

> 湖上风来波浩渺,秋已暮、红稀香少。
> 水光山色与人亲,说不尽、无穷好。
> 莲子已成荷叶老,清露洗、苹花汀草。
> 眠沙鸥鹭不回头,似也恨、人归早。

后来她随父移居汴京,还时常怀念这里。她写的那首脍炙人口的《如梦令·常记溪亭日暮》,由于意境优美,被朝野传诵,词女之名轰动京师。

李清照前期的词,清新妍丽,绰约轻倩,韵调优美。南渡之后,她将流离之苦、亡夫之痛、思念之情和亡国之恨,都融进词中。她的词不但后人评价极高,就是在宋代也极受推崇。在她同代,有人写词就注明"仿易安体",豪放派领袖辛弃疾写词也称是"效易安体",可见女词人在当时文坛的影响了。

李清照并非是一个只会写哀切的怨妇淑女,她也是一位好作英雄悲壮之声,写男儿豪爽之情的女丈夫:

> 生当为人杰,死亦为鬼雄。
> 至今思项羽,不肯过江东。

这首《夏日·绝句》,掷地有声,已成为千古绝唱!

李清照一生到底写了多少诗词?史料上说有词六卷,文七卷，但劫后残余的，只有47首词，这些词无不是词中粉金粹玉，相比之下，有些帝王一生写诗上万首，还刻在石上，印在纸上，但有哪一首能流传天下？

女词人生前和离世后，曾有人对她的才华和品行肆意诽谤、诋毁，有的说李清照的作品是"闾巷荒淫之词"；有的对她的改嫁说三道四，是"无操检"，"晚岁失节"，还有的人对她直言不讳表示不满。"露花倒影柳三变，桂子飘香张九成"，这是她对柳永等人的讽嘲。她还在《词论》中批评秦观、苏轼、欧阳修、晏殊等词坛大家，所以历代总有人对她品头论足。不过，记住了"凡是天才，总会是被人嫉妒"的道理，心中也就释然了。

漱玉泉在我眼前溅起的水花，如同"大珠小珠落玉盘"，玲珑剔透，前面的玉珠正在动，后边的玉珠已喷涌而出，日日夜夜，绵绵不断。我觉得我已经找到我要找的答案了，这泉水养育了女词人，滋润了女词人。女词人的灵气，就是来自这眼漱玉泉。这种灵气顺着她的笔端，流进了她的字里行间……

我捧起一捧泉水尝了尝，甜甜的，便喝下去了。泉中有一些色彩各异的卵石，一块白色的卵石上有红色图案，在水波中似有一片飘动的枫叶。我伸手捞去，觉得这块石头冰莹玉润，便小心装进衣袋里，归来欲置于案头，掏出一看，却见石面粗糙，枫叶已褪色了。

我忽然悟出，这卵石离开了漱玉泉，也就失去了灵气。

永远的"定远"号

我曾数次去过刘公岛。每次登岛,总要到北洋海军提督署去看一看,尤其是那些打捞出的甲午海战遗留的兵器、弹药等物,虽然它们已锈迹斑斑,但却触目惊心。看完之后,心中总想知道,北洋水师的旗舰——"定远"号到底沉在哪里?

我在铁码头旁边寻找过,在望海楼上眺望过,还向游客们打听过,但都没有结果。有一次,我问一位导游小姐:"'定远'号沉在什么地方?"

她听了,很不以为然,笑着说道:"当然是沉在大海里!"

"大海的什么地方?"我又追问一句。

她有些茫然,望着满海的波涛,轻轻摇了摇头。

于是,我心中便生出了一种压抑和惆怅。

前不久,多家媒体报道:北洋水师"定远"舰重归威海港!

原来,这是一艘内部未设动力、但尺寸是按当年"定远"号的比例复原建造的纪念舰。它从俚岛船厂启航,在两艘拖轮的牵引下,航行到刘公岛水域时,在它当年自沉的水域,举行祭奠仪式。一枚北洋海军"定远"回归纪念铜牌沉入碧波中,人们将鲜花和粽子抛进大海,以纪念甲午海战中为国捐躯的北海水师的将士们!当它停泊在威海港时,汽笛鸣响一分钟,以示勿忘国耻。

这确实是一种国耻!

当年的北洋舰队,有铁甲舰、巡洋舰、运输舰等大小船舰50艘,将士4000余人,火炮27门,鱼雷发射管60枚,实力可谓强大。尤其是它的旗舰"定远"号,曾在中日黄海海战中,因"受弹百余发不沉"而令日军胆寒,但它率领的北洋舰队却在威海海战中全军覆没。

甲午海战为何惨败?这是史学家们研究的课题,那些长眠在海底的将士们,让后人有一种刻骨铭心的叹息。

"定远"号管带,也就是舰长刘步蟾,在海战中曾指挥军舰击退了日军的8次进攻,但因舰身受到鱼雷攻击而遭重创。他令军舰驶往刘公岛近海,作水上炮台猛击日舰,一直战到弹药用尽。为了不使军舰落入日军之手,他果断下令炸沉了"定远"舰,而后自杀殉国。

"经远"号舰长林永升,临战时下令"尽去船舱木梯",以示与日舰血战到底!当"经院"号将一艘日舰击伤后,自己的甲板因中炮而起火,林永升和水兵们不肯跳海,在烈焰中随同"经远"号沉入海底。

"致远"号舰长邓世昌为了保卫旗舰,开足马力向前冲去,欲与日舰"吉野"号同归于尽,但不幸中炮沉没。落水后,他将救生圈让给随从,又拒绝了水兵们的救援。他的一只爱犬游来先衔其手臂,又衔其头发,但他认定"船沉没,义不独生",于是,手按犬首,没入了波涛之中,他殉国之日,正是他59岁的生日。

"镇远"号舰长林泰曾,因军舰触礁,舰体多处撞裂失去战斗力,他饮恨自杀。

刘公岛总兵张文宣指挥陆地炮台重创日军,战至最后自杀存节。

总兵杨用霖拒绝投降,口诵文天祥的"人生自古谁无死,留取丹心照汗青",在船舱为国捐躯……

北洋海军提督丁汝昌得知日军在荣城登陆时，欲率舰迎击，但李鸿章命令："不许出战，不得轻离威海一步。如违令进战，虽胜亦罪！"在威海海战时，他指挥北洋舰队果断迎击敌舰，还以排炮击毙日军少将大寺安纯等人，当得知两处炮台已经失守时，他立即派出敢死队将炮台和弹药全部炸毁，以防落入日军之手。刘公岛被围困后，他严词拒绝了日军的诱降，深夜服食鸦片自杀。

甲午海战的炮声和硝烟，虽然都已沉淀在历史的书页中，但它为后人留下了太多的思考。

今天，"定远"号驶过了 120 年的风雨，终于驶到了它当年曾经航行过的水域，停泊在它曾经停泊过的港口，迎着猎猎的海风，正在向游人诉说着什么。

它旁边的刘公岛，是一颗美轮美奂的海上明珠，亦是一艘永不沉没的战舰。但愿人们不会忘却甲午年间发生的故事，因为那是一个惨烈而悲壮的故事。

魂归来兮

青岛的小鱼山上，有一座二层的小楼，门前有铜质铭牌：梁实秋故居。小楼的主人十分健谈，他向我讲述了一代语言大师、文学家、翻译家客居这里的一些残存的片断。

1930年，当时的教育部聘请了蔡元培、杨振声、傅斯年等人筹建国立青岛大学，并任命杨振声为校长。杨振声亲赴上海，聘梁实秋为青岛大学外文系主任兼图书馆馆长，聘闻一多为文学院院长兼国文系主任。到任后，梁实秋除教授英语外，还开设了《欧洲文学史》和《莎士比亚》等课程。在他的身边，还聚集着新月派诗人方令孺、李梦家以及作家闻一多、沈从文、孙大雨和臧克家等一些文坛上的实力派。他与夫人程季淑居住的这座小楼，自然而然就成了他们的文学沙龙。他还特意从北京买来了一具烤肉的支架，从山坡上拾来半筐子落在地上的松塔，再铺上木炭，红红的炭火中飘着浓郁的松香和烤肉的香味，"再佐以潍县的大葱，大家吃得皆大欢喜"。梁实秋和他的这些文友们戏称是"酒中八仙"，还自拟了一副对联：

　　酒压胶济一线
　　拳打南北二京

胶济一线是指胶州至济南的铁路线。拳，并非武术中的拳，

而是饮酒时的划拳，二京指的是北京和南京，当时的情趣可想而知。

身在北京的胡适，听人说过青岛的"酒中八仙"之后，特意乘车去了青岛。八仙们想看看酒醉的胡适是什么模样，便轮番向他敬酒，他连忙伸出手来让大家看，原来，他的手指上戴着一枚戒指，上面镌着"戒酒"二字，这是他的夫人特意为他准备的！他借着这枚戒指，成功地躲过了一次醉酒，一时成为美谈。

以梁实秋为代表的新月派，和以鲁迅为代表的左翼作家的论战，就是发生在这一时期。当时，大量外国文学作品被翻译成了中文，但对翻译方法却有争论，分为了"直译"和"意译"两派，鲁迅主张直译，梁实秋认为直译是硬译，直译不讲中文文字，难懂。

梁实秋在《文学与革命》中认为，"革命的文学这个名词，根本就不能成立"，"人性是测量文学的唯一标准"；鲁迅则认为，"在阶级社会里，断不能免掉所属的阶级性"，他还批评梁实秋是"资本家的乏走狗"，

梁实秋则说："说我是资本家的走狗，我还不知道我的主人是谁。"

鲁迅说，梁实秋任图书馆长时，把他的作品全部拿下来，禁止借阅。

梁实秋则坚决否认此事……

当年正在青岛大学读书的青年诗人臧克家曾经说过，梁实秋对鲁迅是尊重的，二人的争论，主要是几个文学观点，如文学的阶级性、人性等。

胡适受中华教育基金会的委托，计划翻译出版莎士比亚的全部作品，他请梁实秋和孙大雨担当此项工作，孙大雨后来因故退出了翻译工作，梁实秋呕心沥血，穷30年之精力，终于翻译、出版了40卷的《莎士比亚全集》。

晚年，客居台湾的梁实秋，念念不忘青岛，曾写了 60 余篇与青岛有关的散文，他在《忆青岛》中写道："我在青岛居住四年，往事如烟。如今隔了半个世纪，人事全非，山川各异，悬想可以久居之地，乃成为缥缈之乡！"

他的女儿梁文茜最懂他的心愿，特意将青岛海滨的海沙，装在一只瓶子里，邮寄给他，他收到后，供于案头，以解思念之情。

重访故乡、故地、故友，是梁实秋暮年的一大宿愿。1987年，两岸交流日渐活跃，84 岁的梁实秋计划到北京过春节，并去拜访冰心老人、老舍夫人胡絜青女士。谁知临行之前，突发心脏病而逝，令人唏嘘。

如今，在台湾的北海墓园里，有一座面朝西北的坟墓，这就是梁实秋最后的安息之所。根据他生前遗愿，墓前空敞、开阔，也许他想在九泉之下，能遥望到他的故乡、故土和故人？

烛台华表

沿着石板铺就的神道缓缓走着，走到顶端，便是海瑞的墓。墓以石块砌成，既不高，也不大，并无特别之处，但竖在墓前的六座华表，却让我感到了一种震撼。因为自古以来，还没见过这种华表！

在古代，不少宫殿和陵墓前面，都耸立着巨大的石柱，柱上雕刻着龙凤图案，顶端横插着雕花的石板，这就是华表，用作装饰之用，如北京金水桥前面的华表。而海瑞的墓前却是另一种华表，华表的顶端，都擎着一根丹红色的石雕蜡烛，分列于墓前，左右各有三座，显得肃穆而又神秘。

我轻轻抚摸着墓上的石块，石块上的花纹还依稀可辨。我想，海瑞不但与我隔着一层厚厚的石块，还隔着岁月筑成的一道无形之墙，我同他无法对话。

墓中的这个灵魂，曾使我有过一次炼狱的经历。

我在他的雕像附近，在那些石狮、石马、石羊、石翁仲身边，在摇曳的椰子树下，默默寻找着，寻找那些遗落在这里的历史碎片……

一

海瑞在中国，是家喻户晓，妇孺皆知的清官，他1514年生于海南琼山,字汝贤,号刚峰。嘉靖二十八年(1549年),他参加乡试,以一篇《治黎策》成为举人。次年进京会试,落第;三年后再次会试,又落第。后被地方官员举荐,被任命为福建延平府南平县教谕。有一天,延平府督学到南平县视察时,召见教谕和训导。当时官场惯例下级见上级时,需行跪拜之礼。海瑞两边的训导都跪地礼拜,唯海瑞站着行抱拳之礼。三人的姿势是两边低,中间高,成了一个笔架之形。

督学十分生气,大声斥责海瑞不懂礼节。

海瑞说,按大明律法,教谕为人师表,不可向上司跪拜行礼!

督学听了,既气又恨,却又哑口无言。

自此,海瑞便得了一个雅号:笔架博士。

在未入仕之前,他曾撰写了一副对联:

读圣贤书　干国家事

嘉靖三十七年(1558年)五月,海瑞被任命为浙江省淳安县知县。自此,他开始了实践《干国家事》的人生抱负。

二

淳安是个穷县,又时有灾荒,而贪官污吏们却巧立名目,盘剥百姓;一些豪绅又趁机侵占农民田地,一时间怨声载道,饿殍遍野。

海瑞到任伊始,便干了一件大快人心的事:直浙总督胡宗宪的儿子路过淳安时,带了一群随从和数十只贴着总督衙门封条的箱子。到了驿站,他以驿站提供的马匹不好为由,将驿吏捆了起来,倒挂在树上殴打。

海瑞闻讯后，立即下令拘捕了这位胡公子，并将箱子中的不义之财没收充公，又派人去向胡宗宪报告：有一无赖冒充总督大人的公子，在淳安为非作歹，民愤极大，败坏了总督大人的声誉，现已拘捕归案，今押解总督衙门，请大人对其严惩。

这位封疆大吏既损了银子又丢了人，算是哑巴吃了黄连。

嘉靖四十三年（1564年）十月，因海瑞任江西兴国县知县时功绩斐然，被升任户部云南主事（正六品）。

这时的嘉靖皇帝痴迷道教，专心修炼，妄求长生不老。他深居西苑，不见大臣，甚至多年不见太子和皇后，已有二十余年不上朝议事，军政大事交由宦官和内阁大臣处理，辅相严嵩便趁机结党营私，致使国力衰弱，吏贪民穷，君道不正，臣职不明，朝野不满。"武死战，文死谏"，海瑞决心以自己的性命，来挽救岌岌可危的大明王朝。

他连夜撰写了一篇《直言天下第一事疏》，也就是世人称道的"海瑞骂皇帝"。

奏疏呈上去之后，他命仆人为他买了一口棺材，他走到哪里，就将棺材带到哪里，随时准备以死谏君。

三

《直言天下第一事疏》的措辞极为激烈，震惊天下。因是"言人不敢所言"、"能人所不欲言"的天下第一事，以"正君道、明臣职，求万世治安"，故又称《治安疏》。

在奏疏的开章，海瑞便一针见血地指出，皇帝是一国之主，应对天下苍生负责。紧接着他便列举了嘉靖即位以来的六大过失：一是信道修仙，妄求长生不老；二是滥兴土木，劳民伤财；三是二十余年不理朝政，致使朝纲荒废，国力衰竭；四是不以礼待臣；五是虽立有太子，却常年不见，是薄待了太子；六是久居西苑，多年不回后宫，是薄待了皇后。

以上六条，虽是言事，无疑是在向嘉靖皇帝问罪！这还不算，他还在奏疏中引用了民间流传的民谣：嘉靖，嘉靖，家家干干净净。指百姓极度贫穷，家中徒有四壁。

更令人称道的是，他还直言"天下之人不直陛下久矣"。意见是说，天下的老百姓，早就不把你当成皇帝了！这明明是说，嘉靖是个不合格的皇帝，早就应当退位（下台）了。

自古以来，还没有哪位臣子敢如此痛批皇帝的。

嘉靖看了海瑞的奏疏之后，到底气到了什么样子？史籍上没有详细记载，朝臣们又不得而知，更不敢打听。只知道海瑞犯了"骂主毁君，悖道不臣"之罪。海瑞被捕入狱，移送刑部，判处死刑，关进了死牢，等待处死。

此时的海瑞十分坦然，他认为自己必死无疑。他事先已将家人遣散了，只留下了一名为自己收尸的仆人。

入狱其间，他的两个儿子相继病逝！海瑞上书抨击嘉靖皇帝的消息，很快便传遍朝野，天下无人不知海瑞之名。

不知为什么，关在死牢里的海瑞，一直未能行刑。是嘉靖惜才，动了恻隐之心？还是怕冒天下之大不韪？没人知道。

第二年，这位一心想长生不老的嘉靖皇帝，因服用丹药中毒而暴毙。

自此，海瑞的命运发生了戏剧性的变化。穆宗皇帝即位后，改元隆庆，海瑞获释出狱，官复原职。不久又升为尚宝司丞，正六品，负责掌管皇帝宝玺、符牌、印章等；再诏为大理寺右寺丞，负责平反刑狱案件，正五品；到了年底，升任南京通政司右通政，正四品。

##

海瑞"干国家事"的顶峰时期，是在隆庆年间。隆庆三年

（1569年）六月，海瑞被诏任都察院右佥都御史，总督粮储、提督军务、巡抚应天十府。应天巡抚管辖应天（今南京）、苏州、常州、镇江、松江、徽州、太平、宁国、安庆、池州十府及广德州，并兼理杭州、嘉兴、湖州三府的税粮。这里是大明王朝经济、文化最发达的地区之一，亦是著名的鱼米之乡。

海瑞到任后，发现这里的一些官吏勾结地方豪绅，贪赃枉法，敲诈勒索，盘剥百姓现象十分严重；他们还利用天灾和手中权力大量兼并农田，造成贫穷悬殊，社会矛盾尖锐。他上任伊始便制定、颁布了反贪肃政的《督抚条约》三十六款和《续行条约册式》。下决心"革黜贪官污吏，搏击强豪，矫革浮淫，厘正宿弊"。一些劣迹昭著的人早就听说了敢作敢为的海瑞，他连皇帝都敢骂，还惧怕区区的地方官吏和乡绅？若落到他的手里，定然是没有好果子吃！于是，有的人害怕被他惩治，辞官解职，逃避外乡了；有的人过去出门乘八抬大轿，听说海瑞来了，改坐四人小轿了；过去，有的人把门第漆成红色以示富有，看了《督抚条约》后，连夜涂成了黑色；还有的人惶惶不可终日，不敢走出大门！应天十府的官场肃政，赢得了朝野的一致好评。

紧接着，他为失去田地的农民做主，勒令将兼并的田地退还农民。他到任之初，仅松江一地，就有数万农民告发官吏乡绅侵占、掠夺农民的田户。于是，他根据《大明律》，在应天十府开展了轰轰烈烈的勒命退田活动。他的恩师、在家赋闲的首辅徐阶，利用权势和影响兼并了大量的田地。海瑞便登门拜访，他不徇私情，晓以利害，并按律条办事，徐阶虽不情愿，但还是将四十万亩农田退还给了失地的农民。

见徐阶退还了侵占的田地，其他侵占农民土地的人也纷纷退还了那些本不属于自己的田地。那些收回了田地的农民都欢天喜地，奔走相告：海大人是为民做主的海青天！

为了根除松江等地的水患，海瑞上任不久，便制定了以工代赈的施工办法，既兴修了水利，又减轻了农民负担，他招募了数十万民工，利用冬闲疏通河道，还亲自乘着小船指挥施工。不到一个月，河道便疏通了。紧接着他又依据"一条鞭法"，制定了《钱粮册式》、《均徭册式》，按田地多少承担赋役，深得农民的拥戴。隆庆皇帝颁旨表彰他"节用爱人，勤政任怨"，但却引起了一些人的忌妒和怨恨。

就在海瑞准备大干一场的时候，他的政敌高拱从背后向他射去了一箭。

高拱以吏部尚书入阁，执掌人事大权。他根据海瑞的另一政敌戴凤翔的弹劾，以"志大才疏"为由，免去了海瑞的应天巡抚之职，令其回籍候听调用。

走就走吧，海瑞毅然回到了琼山老家。

五

海瑞回到琼山之后，以授徒讲学维持生计，并整理、编辑自己的《备忘录》。他在家乡一住就是十六年。

在此期间，他的政敌高拱被罢官还乡，不少有识之士纷纷向朝廷举荐海瑞，恳求诏回海瑞。但人们没想到的是，他又遇上了另一位政敌——内阁首辅张居正。

万历元年（1573年）正月，有些大臣再次上疏举荐海瑞时，奏疏转到了张居正手里。因张居正"惮公刚直"，对海瑞"不予起用"。也就是说，张居正惧怕直率无畏、刚正不阿的海瑞，所以才拒绝起用海瑞的。

张居正是明代的改革家、著名宰相，林语堂曾撰写过一部《张居正传》。熊召政先生还创作了长篇小说《张居正》，影响很大，已获"鲁迅文学奖"，还拍成了电视剧。作家研究明史的功底当然很厚实，对人物的把握和刻画也十分到位，读后受益匪浅。本文涉及海瑞与张居正的一些恩怨，只是墓园提供的文字资料和工作人员的口头讲述而已，也算是海南的一家之言吧！

　　高拱被免职之后，由宦官冯保和张居正联合任内阁首辅。张居正执政时，有他自己的用人标准，他让二品以上的大臣向朝廷举荐可用之材，有不少人都推荐过海瑞。当时的吏部尚书杨博还专门找了张居正，希望他能起用海瑞，但他不同意。他认为，海瑞是个好人，道德、自律都很好，但好人不一定是好官。好官的标准是上让朝廷放心，下让苍生有福。海瑞做官有原则，但没有器量；有操守，但缺乏灵活，因此有政清而无政绩。这一点，张居正看得清楚。张居正不用他，还有一层原因：海瑞清名很高，如果起用，就得给他很高的职位，比他过去的职位还高，这才叫重用，如果比过去的职位低，那就证明张居正不尊重人才。话又说回来，如果你给他更高的职位，他依然坚持他的那一套做法，岂又不要贻误一方？张居正想来想去，最后决定不用海瑞。（见《大众阅读报》）

　　但在海瑞茔墓旁边的清风阁中，在不染池畔，在展览馆里，我却听到了另一种版本——海瑞与张居正有过节！

　　万历元年（1573年）二月，全国会试大考，张居正之子张敬修也参加了这次大考。身在海南的海瑞给当时的主考官、大学士吕调阳写了一封信。信上说，你是今年会试的主考官，应以国家为重，大公无私地为朝廷选拔人才。听说首辅张居正的公子也参加今年会试，望你秉公主考，以不负众望。

　　不知是张敬修的水平未达到录取的分数线，还是海瑞的这封信起了作用？总之，会试之后，张榜公布结果时，张敬修名落孙山！

　　此事，令张居正对海瑞心生不满。

　　还有一件让张居正闹心的事：张居正的父亲病逝后，张居正未能遵制辞官，为父亲守孝，引起了一些人的不满。这时，有个叫吴仕期的宁国人,他假借海瑞的声望和名字,拟了一份奏疏,弹劾张居正不回籍守孝,是贪恋官位、名利,亦是不忠不孝行为!更离谱的是,他竟私拟了一份圣旨:免除张居正之职,诏海瑞为首辅,回京执政。

这份山寨版的圣旨在民间传开之后,人们信以为真,纷纷奔走相告,传的沸沸扬扬。

此事,海瑞根本不知情,但张居正却认定是海瑞指使他人所为,极为恼怒。为了掌握海瑞的罪证,他还派人渡海到琼山调查,由于没抓到任何把柄,海瑞才未获罪。

万历十三年(1585年)正月,张居正病逝,海瑞才有了出头的日子。他先被万历皇帝诏任南京都察院右佥都御史(正四品),一个月后又诏升为南京吏部右侍郎(正三品),于是,72岁高龄的海瑞渡海北上。

六

他上任后,便以肃清吏治、反对贪污为己任,颁布了严厉的《禁革积弊告示》,令那些身背劣迹的官员们提心吊胆。

次年,万历皇帝又诏他为南京都察院右都御史(正二品)。海瑞发现,有些贪官污吏相互勾结,贪赃枉法,十分猖狂,他极为愤怒,认为不用重典难以肃贪,建议恢复已经停止执行的"枉法赃八十贯绞"的律令和"剥皮法"等重刑。他的这种矫枉过正的主张,引起了贪官污吏们的极大惊恐和不满,其代表人物就是提学御史房寰。他上疏弹劾海瑞是"启皇上好杀之心"。吏部的三位进士却联名上疏,认为海瑞是真正的"当朝伟人",而攻击海瑞的人,是"不知廉耻之伪君子",还列举房寰的六大罪状!

事情闹大了,万历皇帝不得不出面表态。他斥责房寰是"所奏不当"，又指责三位进士是"过于放肆，不识体统"，并革去了他们的功名。

海瑞看到万历皇帝并没有惩治奸贪的决心，而反对贪奸的正直之士却受到压制、打击，奸贪之徒依然故我，心中悲愤不已。由于过度劳累，加之年迈体弱，他曾七次上疏，乞求回归故里，以度晚年，万历皇帝皆未同意。

万历十五年（1587年）十月十六日，74岁的海瑞卒于任上。

海瑞死后，万历皇帝下诏南北二京举行公祭，并赠太子太保，谥忠介。

七

海瑞生前官至二品，同僚们清点他的遗物时，发现他只有俸银十多两和数件旧袍，一挂粗葛旧蚊帐。就在他临终前三天，兵部送去的薪俸多了七钱银子，他立马退了回去。前去吊唁的同僚们见他生前如此清苦，都禁不住放声大哭起来。

民间听到海瑞去世的消息之后，百姓们"扶服悲号，若丧慈母"。南京城沉浸在一片悲痛之中。商贾停市七日，家家挂着海瑞画像，户户焚香拜祭。

当运送海瑞灵柩的大船驶离南京时，长江两岸站满了送行的人群，百里不绝。他们身着白孝服，头戴白布巾，哭声动天撼地。

海瑞的同乡、学生许子伟，奉旨护送海瑞灵柩回海南安葬。从南京出发后，沿途都有官员和百姓迎接。每遇州府，当地都搭起高台，将海瑞的灵柩高高抬起，越过城门而行，以昭示他的高尚品格，告慰他的灵魂。

途中整整走了一年零五个月，才到了琼山，将他安葬在了滨崖村。

许子伟奉旨修建了海瑞的茔墓之后,便在茔墓旁结庐守墓,三年后才离开海南……

八

在墓园的陈列室里,摆放着各种版本的史料,回廊里挂着图文并茂的海青天断案的故事。一批又一批的游人涌进墓园瞻仰,他们有的默默抄录墙壁上的文字,有的在海瑞雕像前拍照,留下自己的身影。有一位老者牵着一个小男孩边走边唱:海青天,惩贪官,除恶霸,为民解倒悬。清白贫如洗,丹心照云天……

我同他攀谈起来才知道,他是府城人。这首民谣他小时候就会唱了,如今又教孙子唱。他还告诉我说,像《海公大红袍》、《海忠介公居官公案》、《海忠介公全传》、《生死牌》、《五彩舆》、《朝阳风》、《忠义烈》、《海瑞上疏》、《海瑞回朝》、《说唱海公奇案》等评书、弹词、戏剧,早已广为流传了。

我问他,海瑞的茔墓是何时重修的?

他指着偌大的墓园说,此墓建于明代万历年间,"文革"中被毁,改革开放后,进行了重修和扩建。谈到茔墓当年被毁时,他喃喃说道:"不堪回首,不堪回首啊!"

望着玄武岩雕成的海瑞石像,我和他都陷入了沉思……

海瑞去世376年之后,《文汇报》刊登了一篇《评新编历史剧〈海瑞罢官〉》的文章,引发了一场史无前例的政治风暴,这是海瑞不曾想到的。

《海瑞罢官》这出新编历史京剧,是北京市副市长、明史专家吴晗,应著名京剧表演家马连良恳请创作的作品,发表和演出后,受到了广泛好评。当时还得到了毛泽东的称赞。但江青等人硬说《海瑞罢官》是一台借古讽今为彭德怀翻案、攻击人民公社的"大毒草"!此文便成了"文革"的导火索,不但吴晗首当

其冲地受到批判，又连累了邓拓、廖沫沙等人，被打成了"三家村"，继而又在全国揪斗小"三家村"，株连了成千上万无辜的人。他们或被打成反动权威、黑帮，或被打成了牛鬼蛇神，被批被斗被抄家被游街被劳改，有的还遭到了种种磨难和迫害，甚至家破人亡，制造了多少冤案，多少人间悲剧？

我与海瑞没有半点瓜葛，但在"文革"初期，竟然莫名其妙地也被打成小"三家村"、文艺黑线人物；发表的一些作品，也毫无例外地被打成了"大毒草"！至于到底毒在哪里？我一直弄不明白。

长眠在茔墓中的海瑞，也难逃这场劫难。"文革"期间，造反派冲进了墓园，掀倒了海瑞的墓碑，挖了海瑞的墓穴，打开了海瑞的棺柩，见棺柩中仅有他的遗骸和头发，随葬的几个陶碗和少许铜钱，并无他物！他们便从墓中挖了些泥土回去，召开了一次公判大会，谓之"挖墓鞭尸"。不过他们仍不甘心，还砸碎了墓茔两旁的石兽，又拉着残存的棺木板子，游街示众去了……

老者忽然想起了什么。他告诉我说，造反派当年挖开海瑞的茔墓时，发现棺材用铁链吊着，悬在半空中，棺材并不与地面接触。

我觉得奇怪，古人为何要把棺材用铁链吊着安葬呢？

我问他，他笑着摇了摇头。

这时，他的小孙子跑过来，拉着他去草坪上拍照。他向我报以歉意，便随着小孙子走了。

我也要走了。离开墓园时，我又回头望了望，见那六座烛台华表高高地耸立着。在蓝天的衬托下，六团丹红色的火焰，正在熊熊燃烧着……

鲁　壁

当我迈进孔庙门槛的那一刻起，就被这座"天下第一庙"所折服了。这不仅仅指它的规模之大、规格之高、修整扩建年代之久，以及它的雄伟和气魄，更因为它的内涵。

我沿着大成殿、奎文阁、杏坛缓缓朝前走着，蓦然抬头，见有数只灰鹤立于千年古柏之上。它们在树冠上或站立或翻飞，如舞如蹈，其姿极雅。我望着脚下青砖铺成的路，心里想，我此刻的脚底下，也许正踩在两千多年古人的脚印上；脚边掠起的浮尘中，一定会有当年的尘埃。我恍惚走进了遥远的历史。

走着走着，忽然，我受到了一种强烈的震撼：鲁壁立在了我的眼前！

在此之前，我曾听说过鲁壁的传说，还读过一些有关的文字，但当我和它相对而望时，我便被深深地感动了。

其实，鲁壁是一座很不起眼的短墙，它宽约二尺，高不过我的双肩，墙上覆盖着黄琉璃瓦，墙上的"鲁壁"二字是填红隶书。旁边，有乾隆皇帝前来祭孔时留下的诗碑，全诗以草书写成："故井前头绰楔碑，传闻鲁壁响金丝。经天纬地存千古，岂系恭王坏宅时。"

原来，在公元前213年，也就是秦始皇君临天下的第九个年头，他雄心勃勃，志满意得，把天下看成是自己的家产，建宫殿，修陵墓，穷奢极欲，劳民伤财，又四处采药炼丹，妄想长生不老。其暴政引起了天下人的不满。人们议论朝政、抨击时弊，必然会涉及他的统治。于是，他就采纳了宰相李斯的建议，颁发了"禁书"令：

除博士官外，吏民收藏的图书一律送官府焚毁；令下三十日不烧，脸上刺字，罚筑城墙四年！于是，中国文化便遭受了一场灭顶之灾，几乎所有的文献典籍和儒家论著，在熊熊的烈焰中化为了灰烬；那些著书里说的"儒"们，也纷纷陷入了灭顶之灾。

"儒"们的身躯可以"坑掉"，思想却无法"坑"掉。秦始皇以为，只要焚了书，也就消灭了思想，他的统治便可永远延续下去。其实，焚书的火光，正是嬴政天下的回光返照。

当焚书令下达之后，天下的读书人心惊胆战。孔子第九代孙孔鲋悲愤之余，在家中筑起了一道厚墙，墙是空的，他把孔子编修《论语》、《孝经》、《尚书》、《礼记》、《春秋》等藏在了墙壁内，然后，便离开故乡，先是隐居在嵩山，又参加了陈胜、吴广的起义军，并被拜为博士，后因起义失败被杀。秦亡汉兴。汉景帝之子刘余被封为鲁恭王。他在曲阜修建王宫时要拆除孔子故宅。在拆这道墙时，奇迹出现了：听见年久失修的墙壁里响起了琴瑟钟磬之声，有六律五音之美。这位鲁恭王又惊又奇，命人将墙挖开，从里边取出了一捆保存完好的竹简和帛书。不爱书、不读书的鲁恭王虽然不知道这些书籍的价值，但他似乎感到了神圣和凛然。于是，他退缩了，到别处去修建他的王宫去了。

孔子的传人孔国安独具慧眼，他将这些书籍经过精心整理后，全部献给了朝廷。在西汉前期，因秦朝焚书之灾刚刚过去，文化出现了空白和断层，人们所读的经书，是凭长者的记忆抄录下来的，不但数量少，且并非准确可信。孔安国献出的这些书籍在当时会产生怎样的影响就可想而知了。

孔鲋的藏书，其功德无量；孔安国的献书，其功德无量。于是，后人记住了他们的名字，历史也记住了他们的名字。因为鲁壁里的书籍，凝聚着孔子的心血和智慧，散发着文明与睿智的光芒。所以，鲁壁对于中国文化来说，也是功德无量的。

我站在鲁壁跟前，默默地思索着。鲁壁保存了书籍，也保存了一种思想，一种精神。站在鲁壁跟前，会觉得它在向我诉说什么，还会觉得我正置身于博大精深的文化长河之中了。

友人告诉我，在"文革"期间，有位女将率领一批乳臭味干的"天兵天将"到了曲阜，连历代帝王都不敢损一砖一瓦、一草一木的孔庙（当然还有孔府和孔林），在他们眼里就成了"革命"的对象，他们捣毁几千年保存下来的古物时，连眼皮都不眨一下。须知道，踏在他们脚下的，是价值连城的瑰宝，更是人类文明的结晶啊！

就在这种原始的疯狂席卷孔庙时，又一个奇迹出现了：不知是鲁壁太质朴、太渺小、太不起眼，还是"造反"者们的粗心和无知，这道鲁壁竟然没有被毁！也许在冥冥之中有一种力量在护卫着鲁壁？

世界的十大文化名人中，孔子被排在了首位。因为这位伟大的思想家、政治家、教育家、儒家学派的创始人，对中国文化乃至世界文化产生过巨大影响。在世界文明史上，他占有重要地位。他不仅属于历史，也属于当代；不仅属于中国，也属于世界。

我无法想象，假若没有这道鲁壁，中国的文化走向，中华民族的道德意识，以及儒家思想的延续，会是一种什么样的状况？

我忽然觉得眼前的鲁壁渐渐变高了，高到必须抬头仰视才行。它是一方千古不毁的巨碑，是一座拔地而起的万仞高山！

我想向鲁壁敬个礼，但望了望身边如潮如涌的游人，心便怯了。因为我怕他们会怀疑我有什么毛病？所以，只好"随波逐流"而去。

离开鲁壁之后，我心里便有了一种愧意。

我的普希金情结

一尊吹小号的青铜雕像，站在青岛音乐广场的防浪堤上。堤下，是波涛涌动的浮山湾——2008年奥运会帆船比赛的场地。

我喜欢那里的音乐，贝多芬、柴可夫斯基等大师们的遗韵，从隐蔽在草丛、花圃中的音箱里飘出来，时远时近，若有若无。我更喜欢那个专心致志的小号手，他日夜都站在那里，忠诚地守候着潮起潮落。

不知道为什么，每当我看到那尊铜像时，便会无端地想起俄罗斯诗人普希金，想起他的那首《致大海》和列宾画的插图：诗人站在海边的岩石上，他想起了驰骋欧洲的拿破仑，想起了为希腊而献身的拜伦。天上的乌云翻滚，身边的波涛汹涌。他身背行囊，挥动着手中的帽子，正在向大海告别……

我最早接触的诗歌，虽然是唐诗宋词元曲，但真正被诗歌所感动，还是从读普希金的抒情诗开始的。

20世纪50年代初期，我在这座城市初读中时，一个偶然机会，我读到了普希金的一首《致大海》，自此，便被他的诗歌彻底征服了。于是，便如饥似渴地到处找他的诗，读他的诗，抄他的诗。记得在一个暑假里，我常常独自坐在海边的夕阳下，读他的《假如生活欺骗了你》和《致西伯利亚的囚徒》，或在河边的柳树下，读他的《缪斯》和《夜莺和玫瑰》，读得如痴如醉。一本戈宝权翻译的《普希金文集》和我形影不离，文中的40多首抒情诗几乎全能背诵下来。爱屋及乌，因为爱他的诗，也就爱他的短篇和中篇小说，以及他的所有文字，甚至还爱他的鲁莽决斗。

这是我少年时代的普希金情结。

在读诗、抄诗和背诗的同时，还模仿普希金的风格和意境，写了不少抒情诗。虽然那些诗十分幼稚或不知所云，但我却十分钟爱，因为这是属于我自己的诗。

普希金在1815年时写了一篇《我的墓志铭》：

> 这里埋下了普希金；他一生快乐，伴着年轻的缪斯，慵懒和爱神；他没有做出好的事，不过老实说，他从心眼里却是个好人。

他的墓志铭深深打动了我，于是，我也偷偷地写自己的墓志铭。曾写了许多篇，有用韵文写的，也有用白话写的，但都不甚满意，最后勉强选出了一篇，抄在了日记本的扉页上。当时年少无知，并不理解墓志铭与生命以及死亡的真正意义，只是照普希金的葫芦画自己的瓢而已。

因为爱普希金的诗，所以也就憎恨普希金的敌人——那个法国花花公子。诗人为了捍卫自己的爱情和人格的尊严，决定和卑鄙的丹特士决斗。但在决斗时，丹特士不讲诚信，提前开枪射击，这位伟大的俄罗斯诗人，便应声倒在血泊之中了……

那是一曲壮烈的悲剧，也是一首美丽诗歌的夭亡。

我恨丹特士，同时也恨沙俄皇帝，他为什么不将丹特士处以绞刑呢？

50多年过去了，我的人生之旅已经到了暮秋，但总是忘不了普希金，忘不了他陪着我走过的少年时代。至今还记得《普希金文集》的封面上，印着的普希金的自画像。他用简练的线条勾勒出了自己的侧面头像，右下方是他的签名，十分传神，也十分潇洒。

　　随着年和阅历的增长，我渐渐悟出，普希金的诗歌为什么会征服那么多人？原来在他的诗歌中有一种俄罗斯特有的忧郁！

　　别林斯基在评论普希金的抒情诗时说："普希金是第一个偷到维纳斯腰带的俄国诗人。"

　　忧郁的普希金，永远留在了年轻的诗歌里。

第三辑　书可养心

读 书 杂 谈

黄梅天不宜外出，宜读书。

捧读《远征军中一军花》（毛菊元著）时，得知出生在湖北浠水已有 92 岁高龄的主人公，竟是明代名臣方孝孺的后裔。不过，心中亦有疑问：那位宁死不肯为朱棣起草登基诏书的方孝孺，当时不是被诛杀了十族吗？怎么还会有后裔呢？答案须在遗漏的史料和访问的传说中去寻找。

在苏州市玄妙观的露台之东，有一方巨大的无字石碑，一位评弹老艺人说，碑上原先是有文字的，文字是方孝孺所撰。他被杀后，碑上的文字也被生生地铲平了。问及碑上的文字内容，他摇了摇头。

在苏州娄门外的城墙边上，有一座蛇王庙，每年的农历四月十一日，人们都会进庙祭祀。因为这一天是蛇王的生日，庙中供奉的蛇王就是方孝孺。

相传，方孝孺的祖籍是浙江海宁，迁到苏州后，住在娄门外的三家村。在翻修旧屋时，发现地板下面是个蛇窝，里边盘着许多大大小小的蛇。方家便打开门将它们放生了。也就在这一天，方家诞生了一个男婴———方孝孺。

方孝孺死后，此屋因无人居住而墙坍壁倒。人们为了纪念他，便在旧址上建起了这座祠堂。祠堂建成后，众蛇从四面八方前来朝拜，柱子上、梁上、桌下到处都是蛇。于是，百姓们便称这座祠堂为蛇王庙。

400多年前那场惊天地泣鬼神的诛杀十族事件，将方孝孺的名字永远刻在历史的长廊上了。

方孝孺，字希直、希古，"幼警敏，双眸炯炯"，是个神童。他的老师，就是大名鼎鼎的明朝开国文臣宋濂。方孝孺的父亲方克勤，洪武年间任山东济宁知府时，一件布衣穿了十几年，一天不吃两次肉，从不接受下属的礼物，深受百姓爱戴，曾有赞扬他的歌谣在当地传唱。就是这样一位廉洁清明官员，却在明初的"空印案"中蒙冤被杀。

明太祖朱元璋十分看重方孝孺，曾对皇太子说："此士，当老其才。"方孝孺赋闲十年后，他又说"今非用孝孺时"，让他担任九品的府学教授。朱元璋死后，其孙惠帝即位，方孝孺终于得到了重用，召到南京任翰林侍讲，第二年又提升为侍讲学士。他不但是惠帝的老师，也是政务上的高参。对臣子们的奏章，惠帝有时就命他批签，任《太祖实录》总裁。燕王朱棣造反时，讨伐他的诏书、檄文，都是出自方孝孺之手。

南京城破，惠帝被烧死，朱棣夺得了大明的龙椅，成了明成祖。他让方孝孺为自己起草登基诏书，方孝孺却在朝堂上号啕大哭，他们之间有一段流传千古的对话：成祖曰："先生毋自苦，予欲法周公辅成王耳。"孝孺曰："成王安在？"成祖曰："彼自焚死。"孝孺曰："何不立成王之子？"成祖曰："国赖长君。"孝孺曰："何不立成王之弟？"成祖曰："此朕家事。"朱棣命人取来纸笔，说道："诏天下，非先生草不可！"方孝孺挥笔写下了"燕贼篡位"，写毕，掷笔于地，边哭边骂："死即死耳，诏不可草！"朱棣恼羞成怒，问他：难道你不怕株连九族？方孝孺怒目而视：灭我十族何妨？所谓十族，即父四族、母三族、妻二族、共九族，他的众多学生为第十族。

朱棣果真杀害了方孝孺的十族，共计873人，另有1000余人或入狱，或充军，或流放。

据民间秘传，方孝孺全家被杀之前，有人偷偷将方家的一名婴儿连夜抱走了，方氏血脉才得以传承。

183年后，方孝孺案终于得以昭雪，其遗骸葬于南京雨花台梅岗山，墓前有牌坊，上镌"天地正气"四个大字。

对于方孝孺的死，历来都有不同的声音，有人说他是"冷血腐儒"，是愚忠；清代有人嘲笑他是"平日袖手谈心性，临难一死报君王"。

有人赞颂他是"先生志在扶三纲，流血九族孤忠彰。昔开理学三百载，魂兮归来依素王"。明代的黄宗羲说他是"明诸儒之首"，胡适说他是"为殉道之了不起的人物"，郭沫若说他是"骨鲠千秋"。我突发奇想，方孝孺当时有三种选择：归顺朱棣，官可保，命无忧；以死明志，或自缢，或投江，或头触殿柱而亡；诛杀十族，千古流芳。

假若你是当事人，你会选择哪一种？

此刻，窗外又落起了淅淅沥沥的黄梅雨。

唐诗中的唐史

历史上的唐代，曾以开放的胸怀、博大的气度、张扬的个性、繁荣的经济和灿烂的文化，让周边民族和国家仰慕不已。她还留下了浩瀚如海的《全唐诗》，细细品味，可重温那段渐行渐远的历史。

　　绛帻鸡人报晓筹，尚衣方进翠云裘。
　　九天阊阖开宫殿，万国衣冠拜冕旒。

这是唐代诗人王维写的一首《和贾至舍人早朝大明宫之作》。诗中描绘了大唐帝国早期时的庄严和气势，拜见皇帝的不但有文武百官，还有许多国家的使节、客臣，表现了唐王朝的强盛，以及政治、经济、文化交流的盛况。

大唐大力开拓对外交流，陆上北、中、南三条路通往中亚和印度。水上有两条航线，一条通往海东诸国，一条通往西方的大食诸国。这些陆地和海上的丝绸之路，对周边民族和国家产生了深远影响。

大唐与吐蕃，逐渐由敌对变为友好。唐太宗时文成公主嫁到吐蕃，带去了经书、佛像、绸缎和工艺品；唐高宗时，又送去了蚕种及制酒和造纸等工匠。金城公主入吐蕃时，随行人员中就有大批工匠。吐蕃的商队从大唐大量采购绸缎、茶叶以及军用弓箭等物资。

大唐与回纥。大唐贞观年间，唐太宗接受回纥十二部酋长请归于唐，并接受他们上的"天可汗"尊号，唐朝还给予他们以府、州名称，并封回纥可汗为都督，他们年年向大唐岁贡貂皮等物品，天宝三年，唐玄宗册封其首领为怀仁可汗。

大唐与南诏。唐玄宗于开元二十六年（738年）封皮罗阁为云南王，南诏政权建立后与唐朝保持友好关系，经济文化交流从未中断，南诏的许多贵族子弟轮流到大唐就学。

大唐与渤海国。开元元年（713年），唐玄宗封粟族首领为渤海郡王，渤海国从此建立，并与唐朝始终保持友好关系，渤海王派出子弟就学于唐，深受大唐文化影响。

在长安参拜大唐帝王的，还有中亚诸胡国、南亚天竺、西亚波斯、大食，以及东亚的新罗和日本等国的使节和客臣。

在唐代之前，中亚诸国由西突厥控制，唐朝灭了西突厥汗国之后，在那里设置了都督府；昭武九姓国的国王们被唐朝或封都督或封刺史后，经济文化交流日渐密切。

大唐与南亚天竺诸国的交往由来已久，玄奘前往取经之后，他带回657部佛经，在长安进行翻译。唐朝又派王玄策三次出使天竺，唐朝的绫帛、天竺的蔗糖和泥婆罗的菠菜等，通过出使得到了交流。

大唐与波斯和大食也多有交往：波斯商人把胡椒、药品、波斯枣、香料、珠宝等带到中国，又把中国的丝绸、瓷器、纸张等运往波斯，并转运到西方。唐末诗人李珣的祖先就是波斯人，曾以宾贡及第在大唐为官，《花间集》中就收录了他的37首词。唐高宗时，大食帝国消灭波斯，首次遣使来唐。

大唐与东亚新罗、日本等国的交往，对华夏文明的东传意义重大。新罗统一朝鲜半岛后，不断派出使节从陆海两路前来唐朝，两国贸易量很大，其商品有牛、马、麻布、纸、折扇、人参等，从唐朝运回丝绸、茶叶、瓷器、药材、书籍等，他们还广泛研究运用中国的政治、建筑、天文、历法、医学、诗歌和纺织技术，其都城就是模仿长安城修建的。他们还不断向唐朝派遣留学生，不少人还参加了唐朝的科举考试，有数十人考中了进士。唐朝与日本的经济文化交流，这一时期达到了空前繁荣。日本社会奴隶制解体，封建制已经确立，他们对大唐的昌盛极其仰慕，不断派出遣唐使，最多时一次多达六百人！遣唐使除设有大使、副使之外，还有翻译、医师、玉工、史生、船匠及留学生、学问僧等，主要学习唐朝的政治和经济制度、文学艺术、建筑技巧、生产技术以及生活习俗等，回国后广泛进行传播。日本留学生晁衡（日本名阿倍仲麻吕）19岁来唐，进长安的国子监太学读书，后通过科举考试入仕，曾任过三品左散骑常侍、秘书监等官职。他能诗善文，与李白、王维、储光羲等大唐诗人情谊深厚。天宝十年，他得到唐玄宗的准许回国探亲，写了一首《衔命还国作》：

衔命将辞国，非才忝侍臣。
天中恋明主，海外忆慈亲。

晁衡临行前，王维、包佶等诗人纷纷为他送行，作诗赠别。
他乘船东渡不久，忽然传来在海上遇到暴风船破遇难的消息，李白十分悲痛，写下了著名的《哭晁卿衡》：

日本晁卿辞帝都，征帆一片绕蓬壶。
明月不归沉碧海，白云愁色满苍梧。

后来晁衡抱着一块船板漂到岸边被渔民所救，又辗转回到了长安，继续在唐朝为官，在中国生活了50多年。
大唐和日本宗教界的交往也十分频繁。日本先后派到中国的八位僧人被称为"入唐八家"，在日本佛教史上有重大影响。唐代的鉴真和尚应日本天皇之邀，带领众弟子东渡日本后，在奈良建坛授法，又建招提寺传布律宗。他带去的佛教经书和佛教艺术、中医药和建筑艺术，对日本有着深远影响。

大唐对日本的政治和经济方面的影响是空前广泛而深入的，如仿效唐朝进行的大化改新，实行班田收授法，按照唐都长安城朱雀大街和东市、西市的布局，修建了日本的京都。

在文字方面，留学唐朝17年的学问僧吉备真备，回国后任宰相，和学问僧空海参照汉字草书和楷书偏旁，分别创制了平假名和片假名，合为日本文字，使用至今。

日本先后向唐朝派出十多次遣唐使团，他们将中国的经史子集等大量典籍和先进文化技术带回日本，大唐文化风靡日本社会上层，又渗透并影响日本文化的各个方面。

唐朝还设置了对外的管理机构，从中央到地方分别设有鸿胪寺、主客郎中、市舶使、押衙、总管等官员，管理外来事务和人员，外来的客臣都受到了大唐朝廷的礼遇。武则天证圣元年（695年），曾下诏：番国使入朝，其粮料各分等第给，南天竺、北天竺、波斯、大食等使，宜给六个月粮。

当时东南沿海的港口中，停满了波斯舶、狮子舶、南海舶、婆罗门舶等各国商船，一片繁荣景象。

诗中有史，史中有诗。今天，虽然无法穿越回到大唐，但从大唐留下的这些诗篇中，仍能感受到当年的辉煌与风采。

一捧烈山土

天下的高山难以计数，但没有哪一座能超越姜水之滨的烈山！

当我赶到湖北随州的烈山时，炎帝神农节已落幕数日了，但还是有不少来自海内外的人士前来拜谒这位华夏始祖。

我走进神农纪念馆时，觉得有些奇怪，因为我看到的神农塑像不是巍然而立，而是凝神盘膝而坐！他身披麻片，打着赤脚，腰裹兽皮，手执五谷和药草，气宇轩昂，栩栩如生。站在他的面前，似乎能感到他的呼吸，能听到远古的翻滚风云。听人说，这尊塑像是根据吴承砚的一幅《炎帝神农》画像而精心雕塑的。当年，这幅画像被攻占北京的八国联军掠去，曾藏于美国华岗博物馆。有位老华侨几经周折，才花巨金购得，但一直没有机会送回来。前几年，其孙受祖父、父亲所托，只身携画归国。因他曾未回过祖国，亦不会华语，仅凭一本英汉对照字典、一幅"古厉山地图"和一腔赤子的热血，终于千里迢迢地将画送到了炎帝神农的故里，实现了祖孙三代寻根认祖的宿愿。

我随着人流向烈山走去。烈山不高，海拔只有130多米，既不险峻，也不雄伟。山路两旁是起伏的冈峦，杜鹃盛开，桃花灼灼。放眼望去，如一片正在燃烧的烈焰，也许这就是烈山得名的原因？《帝王世纪》中载："神农氏起烈山，谓烈山氏，今随厉乡也"，"以火德王，故号炎帝，又曰烈山氏"。

走着走着，前头的人流忽然停下了，原来"神农洞府"就在前面。

这是一座倚山迭起的小四合院，四周有松柏相护，虽矮小简陋，但古朴凝重。在洞府的门楣上，书有"神农洞"三个苍劲古字，大门两旁是一副对联："古洞载日月，神农传九州。"走进大门，迎面便是神农殿，殿中供奉神农的粉金塑像。他面部丰润，神态慈祥，目光熠熠地望着前来拜谒的每一个人。

大殿左边是神农的出生洞。我屏住呼吸，悄悄走到洞口。洞口的石门半开，借着山坡的阳光，能看到石洞的内部。石洞不深，约有五尺；洞壁很光滑，是极佳的沉淀岩。由于年代久远，洞顶已有些风化。裸露的沙粒出现了剥落，这是数千年的风雨所致。据说，神农的母亲安登常在烈山牧羊，累了，便在洞中歇息。有一天，她靠着洞壁睡着了，梦见了一位自称七龙子的英俊后生，和她相亲相爱，于农历四月二十六日在洞中生下了神农。古籍上的记载是"神农母安登，感龙而生炎帝"。人们纷纷跪在洞口，虔诚地顶礼膜拜，地上的香灰厚达盈尺。

和许多人一样，我想在神农洞前多站一会，多看几眼，无奈后来者潮水般涌来，只好一步一回头地离开了洞口。透过迷眼的袅袅香烟，我仿佛看到创耕耘、植五谷、尝百草、疗民疾、驯畜禽、兴贸易、制历时的炎帝神农，正率领先民们采集野果，追逐野兽，放火烧山，翻耕土地，粗犷的歌声响彻群山：断竹，续竹，飞土，逐肉……

华夏同始祖，天下共烈山。山路上前来拜谒的人群络绎不绝，也有许多从海外赶来的华人与我擦肩而过。听友人说，世界各地烈山宗亲会的会员有3400多万人。在台湾，有121座神农庙！台湾宜兰县罗东镇的53位台胞到随州后，不顾长途跋涉，放下行李就上了烈山。他们将带来的花生、木耳、瓜子、寿糕等祭品摆在香案上，每人手里捧着一炷香，怀抱一尊樟木神农像，

在一老者带领下,围绕神农洞边走边喊:"始祖,我们回来了!"老者喊一声,众人重复一声。其情其景,催人泪下,其声其腔,响遏行云。

　　下山时,我看到一位满头银发的华侨,跪在路边的泥地上,正在用手挖土。他挖的很仔细,挖了一会,取出一方素帕铺在地上,将挖出土捧到素帕上,包好,又小心翼翼地装在胸前的口袋里,他脸上挂着笑容,眼睛里闪烁着泪花。难道他挖的仅仅是烈山的一捧烈山的泥土?此时此刻,我顿时懂得了什么是同根同宗同祖同源,什么叫血浓于水。

　　下山后,我又回头望去,见蓝天如洗,高山仰止。

是谁诬陷了李白？

中国是诗歌的王国。唐代诗歌已达到了登峰造极的程度，是中华民族文化宝库中极为珍贵的遗产。

唐代诗人，多如繁星，有名有姓有作品传世的诗人，就超过了2000多位！李白无疑是诗歌天空中最瑰丽也是最耀眼的那颗明星。他才华横溢，傲视王侯，忧国忧民的高尚情操和独立人格，和他想象丰富、奇思纵横、挥洒自如、浪漫豪放的诗歌风格，为当时和后世树起了一座巍巍丰碑！

不过，李白也因诗被诬，差点丢了性命！而诬陷他的，竟然是他的好朋友、诗人高适！

天宝三年（744年），李白离开长安后，与杜甫前往商丘的梁园时，遇到了仕途坎坷的高适，三人结伴而行，他们或临风而吟，或推杯换盏，都有相见恨晚之感。高适读了李白的《梁园吟》之后说："太白的诗，字字珠玑，掷地有声，绝妙，绝妙！"

三天后，三位诗人依依惜别，高适要投奔哥舒翰，去了风沙弥漫的边塞；李白要去山东，杜甫陪他到了济南。

"安史之乱"后，高适协助哥舒翰镇守潼关，被唐玄宗擢升为侍御史，后又拜为谏议大夫。唐肃宗即位后，又先后诏为御史大夫、扬州大都督府长史、淮南节度使。唐代宗即位后，进封为渤海县侯。在唐代，他不但是出色的边塞诗人，也是政治地位较高的官员。

天宝十五年（756年），永王李璘奉唐玄宗之命，负责镇守长江流域。太子李亨突然在灵武即位，遥尊逃往四川的唐玄宗为太上皇。永王在江淮一代招兵买马，训练军队，筹集军费，兵力大增。李亨担心永王与他争权，便命他前往四川。谁知永王不听调遣，仍然屯兵江夏一带。他得知李白正在庐山避难，便派使者前往邀请他入永王幕府，辅助他平定安史之乱，以复兴大唐。李白认为这是自己实现抱负、建功立业的大好时机，便欣然应允，随使者去了九江，登上了永王的指挥船，随永王的船队沿江而下。

　　李白站在船楼上，看到浩浩荡荡的江面上，舳舻千里，旌旗猎猎，号角震耳，禁不住豪情满怀，诗情大发。从九江到金陵，他先后写下了《永王东巡歌十首》。

　　天真而浪漫的诗人做梦都不曾想到，自己上错了船，卷进了一场皇室的权力之争，换来了灭顶之灾！

　　当年年底，唐肃宗宣布永王叛乱，派遣江南节度使高适率领大军讨伐永王。永王兵败镇江，被杀身亡。李白以"从逆"之罪，被关进了浔阳大狱。

　　身陷囹圄的李白不但反复申诉，还向高适写信寄诗，向他求助；一些文武重臣如天下兵马副元帅郭子仪等人，纷纷出面进行营救，时任御使中丞的宋若思审问过李白之后，认定他罪行轻微，不但当场释放了他，还聘他加入自己的幕府。但后来肃宗又将他关押起来。其原因是，高适卖友求荣，作梗陷害。

　　原来，李白在船上所作的《永王东巡歌十首》，到了高适手里，却变成了十一首。多出来的那首诗写的是：

　　　　祖龙浮海不成桥，汉武寻阳空射蛟。
　　　　我王楼舰轻秦汉，却似文皇欲渡辽。

高适说，李白在诗中，将永王比作秦皇、汉武，也比作大唐的太宗皇帝！其用心昭然若揭！

杜甫等人认为，此诗是伪作！至于是谁的伪作？为何混进了李白的诗中？已难以考究，遂成了一个千古之谜。

因李白在永王幕府中只有月余，且未授任何官职，免除死刑，判长流夜郎！也就是说，今生今世，诗人再也回不到中原了！

李白带枷登船，由九江逆水而上，经过数月的长途跋涉，当他抵达巫山时，遇到大赦，才停下了流放的脚步。他又从奉节登船，顺江而下。他感慨万千，写下了千古绝唱《早发白帝城》：

  朝辞白帝彩云间，千里江陵一日还。
  两岸猿声啼不住，轻舟已过万重山。

时年，诗人五十九岁。

读史五公祠

一

海口的五公祠，是一组简朴低矮的古建筑群，被一幢幢拔地而起的高楼包围着，也被不绝于耳的闹市喧嚣声挤压着，显得有些无奈。

但这里阁楼参差，疏密相间，井水湖水，清亮如镜，异树奇花，独守清幽，既是一处难得的园林景点，又是一处独一无二的人文景观。

一进五公祠，便仿佛走进了一段凝固了的岁月，读到了一页遗落在这里的历史。

祠中的"海南第一楼"，是五公祠的主体建筑，楼前是五尊用火山岩雕成的石像，栩栩如生地站在椰树旁边，供人瞻仰，楼内供奉着唐宋两朝贬谪海南的五位名臣的牌位。

李德裕，唐代宰相、著名诗人，他执政时对内限制宦官权势，对外抑制藩镇分裂，收复了幽燕大片国土，使晚唐社会得到了安定和发展。因在"牛李党争"中失利，被一贬再贬，62岁时贬为崖州司户参军，病故于海南的孔南村。

李光，北宋的太常博士，南宋时的宰相，因反对秦桧而全家获罪，被贬到海南，在岛上流放6年，64岁复官北还，卒于江州。

李纲，南宋著名的主战派，曾两度为相，他反对朝廷南迁，支持宗泽和岳飞对金作战，并亲自率兵出征，因受主和派陷害贬到海南万宁，当地百姓在东山岭为他雕像，以示敬仰。

赵鼎，曾保荐岳飞为帅以抗金兵，因反对秦桧被贬海南，他独居荒村3年，政敌仍不放过他。他以死殉节，自撰墓铭、墓石，尔后绝食而卒。

胡铨，曾招募义兵抵抗金兵，还上书南宋皇帝反对议和，并主张诛杀秦桧等人。被贬海岛10年后奉召还朝，归乡而卒。

唐宋王朝早已封存于历史博物馆了，但五公祠中的这五位先贤，却一直活到今天，他们还将活到千秋万代。

五公祠中沉淀的文化，是一份沉甸甸的珍贵遗产。

二

在五公祠东侧，是一座为纪念苏轼而建的苏公祠。

北宋哲宗时，已被贬到惠州的苏轼，又被政敌贬往海南。他路过海口时，因官府不允许他在城中留宿，只好和其子苏过在金粟庵里暂时栖身。他看到当地居民饮用的塘水容易染病，便开凿一眼水泉，泉水甘洌清凉，有粟粒大的气泡由泉底冒出，遂取名"粟粒泉"（此泉至今犹在），十多天后，苏轼去了贬所儋州。

苏公祠的门前，有两株粗大的鸡蛋花树，树干如虬，树冠如伞，暗香浮动。

苏公祠里供奉着苏轼、苏过和姜唐佐的牌位，墙上绘有苏轼在海南办学授课、传播文化的壁画。

苏过，字叔党，是苏轼的少子，曾任北宋的右承务郎，为照料年老多病的苏轼，他跟随父亲从惠州渡海到儋州，"一身百为，不知其难"，父子二人相依为命，度过了"食无肉，病无药，居

无室，出无友，冬无炭，夏无寒泉"的三年贬谪岁月。

　　姜唐佐是海南琼山人，因久慕苏轼的人品学问，便携老母投奔儋州，追随苏轼求学。他为人忠厚、正直、勤奋好学，师生情谊笃厚。苏轼北归后，他终于成为有史以来海南的第一位举人。

　　苏轼到了儋州后，因住在官府驿馆，又得到知州的照顾，政敌得知后便罢了知州的官，将苏轼父子赶出了驿馆，苏轼父子只好在一片桄榔林里露宿。幸亏他的学生和黎胞们纷纷相助，才在林中搭建了三间茅舍，他为茅舍取名为"桄榔庵"，自此，苏轼才有了栖身和教学的场所。他在那里传播中原文化，与黎族同胞建立了深厚的感情。

　　三年后，苏轼离岛经过海口时，又在这里住了几天，人们便在他住过的地方建了一座"东坡书院"，明万历年间，又在书院的旧址上建起了这座苏公祠，以纪念这位深受人们敬仰的伟大诗人。

三

　　苏公祠旁边。立有一方《宋宣和御碑》，走近一看，原来是宋徽宗的《神霄玉清万寿宫诏》，碑上的文字，亦是他的瘦金体。

　　此碑为何立在这里？是一种偶然还是有意为之？

　　供奉在五公祠中的五位先贤，除唐代的李德裕外，其余四位以及苏公祠中的苏轼，都是宋代人。他们铁骨铮铮，高风亮节，是江山社稷的栋梁，为什么会被贬到荒蛮的海岛呢？还不是两宋的皇帝们造下的孽？尤其是那位多才多艺、自称为道君皇帝的宋徽宗赵佶，最终还不是落了个囚死五国城的下场吗？千秋功罪，无须评说。

　　宋徽宗的御碑上到底刻了些什么文字？因风雨所蚀，已看不真切。我想，它立在这里，极具讽刺意味，在这些先贤面前，它更像是自羞碑、耻辱柱！

祠中有一副楹联，发人深省：

唐宋君王非寡德，琼州人士有奇缘。

是啊，由于唐宋两朝皇帝们的缺德，才让海南人士有缘分见到了这些先贤们。

反话正说，既幽默，又深刻。

乾隆御诗及其他

友人写了一篇短文,题为《我是乾隆我怕谁》,文中对乾隆出巡时引发的野闻进行了分析,认为这位帝王干了不少荒唐之事,是个不折不扣的流氓。

不过,眼下荧屏上的乾隆,却是个体恤百姓、关心天下、虚怀若谷、满腹诗文的明君。有的史学家对此提出了异议,认为有违史实,极易误导青少年一代。

我对乾隆是否能归于流氓一类少有兴趣,倒是对一些人认为他谙音律,通棋道,诗书俱佳,是位难得的文人才子帝王,有些微词。但对他为发展中国文化所作的创举,却是肃然起敬的。

乾隆对中国文化的功绩,是他下令编撰《四库全书》。这是中国历史上规模最大的一套图书集成,历时十余年修成。参与撰写并正式列名的文人学者达360多人,而抄写此书的多达3800多人。整套图书共收书3503种,合计79337卷,共36304册,230万页、8亿多字,收藏了从先秦到清乾隆前所有的重要古籍,涉及古代中国所有的学术领域,还收集了日本、朝鲜、越南、印度以及来华传教士们的一些著作,为后人研究中国古代文化提供了丰富的文献资料。

但这只是乾隆的一面,他的另一面却是个焚书戕儒的暴君。从焚书一事来看,他焚书的时间之长和所焚书籍数量之巨,又远远超过了秦始皇,可谓登峰造极。

在清代，因文字入狱者每省都有，且人数众多。乾隆组织学者编撰《四库全书》时，曾向他的军机大臣下旨："凡诋毁本朝之语，正应乘以机会查办一番，以杜绝邪言，正人心而厚风俗。"这样一来，焚书之祸越演越烈，文字之狱殃及天下。全国焚毁图书 70 余万卷，仅浙江就毁书 21 次，计 538 种，共 1.4 万多部。江西巡抚一年焚书 8000 多部。甚至明朝的有关议论文字和野史，只要稍微怀疑对清朝有不利的文字，皆"格焚勿论"，甚至连与朝政无关的书籍，都被化为了灰烬，连顾炎武的《音学五书》，也遭到了焚毁。

说乾隆是文人才子的根据，是因为他写了大量的诗歌，其数量之多，是天下第一。中国历代诗人中写诗最多的应算陆游，一共写了一万多首，而乾隆一生却写了 41863 首。也就是说，他从出生那天算起，到他驾崩之前，每天平均要写 1.8 首诗。这真可谓是前无古人大约也后无来者了。

乾隆的诗，有的写在紫禁城里，有的写在巡游的途中或行宫里。他走到哪里就写到哪里，在何处喝了一种酒，又在哪家尝了一道菜，或见到了一处景点，做了一个梦，甚至在哪里吃了一块豆腐乳，喝了一碗粥，便心血来潮，挥笔写下，成为御诗。那些善于奉迎的近臣们便一齐吟诵，地方官员连忙刻石供奉。乾隆的御诗却没有一首能广为流传，这实在是一种讽刺。

不过，他倒是有些自知之明，知道自己的诗有些差劲。他在世的时候，有个叫慎修的人曾劝他少写点诗（大约慎修吃了豹子胆）。他在一首诗中说："慎修劝我莫为诗，我亦知诗可不为。"可他明知"可不为"，但还是偏要为之，一路写下去，过足了写诗的瘾。

我觉得，以乾隆的文化水平和见识，他肯定知道，天下有许多有价值的图书不应焚毁，但他却偏偏焚毁了，也算是一种"知其不可为而为之"吧。对他们这种对待书籍的野蛮行为，说他是流氓加混账，亦不为过。

寻找芭蕉院

一

望着西子湖中的一泓秋水，我心中生出一丝挥之不去的惆怅，因为我未能找到女词人李清照的那座芭蕉院。

为了寻找芭蕉院，我曾数次去过杭州，查过杭州的地图，问过路上的行人，还在湖畔的一些大街小巷中到处打听过，但都一无所获。我还跟随一位导游跑了整整一天，她对西湖景点、轶闻的介绍可谓倒背如流，我便问她：芭蕉院——也就是李清照的故居在什么地方？

她摇了摇头，茫然地望着我。

我比她更茫然。

在这之前，我去过济南的大明湖，去寻找过女词人的遗韵；去过章丘的百脉泉，在漱玉泉边找到了女词人的出生地和故居，她的童年和少女时代就是在泉边度过的；还曾去过开封当年北宋的京都，她在铜雀门外的"有竹堂"里写下的《怨王孙·湖上风来波浩渺》、《如梦令·常记溪亭日暮》、《如梦令·昨夜风疏雨骤》等一些玲珑剔透的词，曾轰动文坛，才女之名大噪。我还去过青州，在范仲淹的故居旁边找到了"归来堂"，她和丈夫赵明诚在那里居住十年，收集了金石刻二十万余卷，古籍二万余册,还有一批珍贵的字画作品。赵氏在那里撰写了前无古人的《金石录》,女词人为这部皇皇巨著的整理、校勘和题跋倾注了大量心血。我还到莱州、临淄寻找过她的遗迹,又沿着她的足迹去过南京、洪州、池州、金华、绍兴……从北宋一直找到南宋的都城临安,也就是今日的杭州。她曾在一座芭蕉院里住了很久很久,可惜我没能找到那座芭蕉院。

她在那座芭蕉院里完成了丈夫的遗愿,三十卷的《金石录》终于刊印行世了。她的《李易安集》十二卷和《漱玉词》三卷,也是在那座芭蕉院里最后定稿的,但那座芭蕉院到底在何处呢?

二

女词人的一生,承受了太多太多的不幸,这些不幸又与南北两宋的两个帝王有关。

正当新婚不久的女词人在词的天空中翱翔的时候,北宋的宋徽宗用他的"瘦金体",题写了一方"元祐党籍碑"。于是,女词人的父亲和他的老师苏轼,以及黄庭坚、秦观等苏门四学士的名字,便被刻在了石碑上,紧接着便相继被贬往了荒蛮之地。他们的文集也都成了禁书。女词人因属"元祐党人"子女而受株连,也被迫离开了京城。

正是这位道君皇帝的无道,不但惹得天怒人怨,还招致金国举兵南犯。金兵不但攻陷了汴京,掳走了父子二帝,使半壁江山易主,还害得万千百姓背井离乡,纷纷南逃。当兵祸殃及到青州时,女词人从收藏的金石、古籍、字画中挑选出了一部分珍品,视为宝贝,装了整整十五车,便随着逃难的人群匆匆逃往江南。存放在青州"归来堂"里的二十余间屋子的金石、古籍和书画艺术品,在大火中全部化为了灰烬!

设身处地地为女词人想一想,一个文弱的女子,在兵荒马乱之中，冒着风雨，踏着泥泞，奔波五十余日，行程一千余里，而十五车宝贝没有丢失一件，该是一种怎样的情景！南渡之后，更大的不幸又接踵而来。

女词人逃到江南不久，丈夫便染病而逝。正当孤苦伶仃的女词人悲痛欲绝之际，先是高宗皇帝的一个御医趁火打劫，以代为保管为名，强行索去了一批宝贝；不久又传出流言，说赵氏生前曾将一把玉壶送给了金人，有通敌之嫌！为了不使国宝再蒙劫难，她决定将全部收藏之物献给朝廷，以期留世。谁知皇上得了"恐金症"，已从扬州闻"金"而逃了！女词人便在后边一路追赶，从台州、宁波、温州、四明、绍兴，一直追到了杭州。由于途中屡遭窃贼、土匪和官兵的偷盗和抢夺，宝贝已所剩无几，而女词人也因奔波、劳累了七个多月，到了杭州的那座芭蕉院时，已心力交瘁，病得"牛蚁不分"了，好心的邻居为她备下了棺材和石灰！

新的不幸又降临到了女词人的头上。

一个品行不端的小官吏为了图谋她最后的几件宝贝，竟趁她病危之际，以骗婚手段掠去了一些珍贵的字画，后因女词人奋力抗争，临安府判定婚约无效，小官吏被削职发配柳州。

此事不但伤害了这位饱受磨难的女词人，也为后世留下了她是否改过嫁的争论，这一争论直到今天仍未结束。也许，只有芭蕉院的芭蕉树才能说清此事的始末。

三

芭蕉院里应当有一株或几株芭蕉树，芭蕉树还应当记得女词人在这里到底填写了多少首脍炙人口的绝妙好词。

有人将她和李白、李煜称之为"词家三李"；有人称她是词坛"婉约派"之宗；有人说，她的词有晏殊之和婉，欧阳修之深美，张先之幽隽，柳永之绵博，苏轼之超旷，秦观之凄迷，晏几道之高秀，贺铸之瑰丽。还有的人认为"易安倜傥有丈夫气，乃闺阁中之苏、辛"，她的"生当作人杰，死亦为鬼雄"、"南渡衣冠少王导，北来消息欠刘琨"，以及"南来尚怯吴江冷，北狩应悲易水寒"等词句，不但道出了对南宋王朝苟且偷安的愤慨，也表现了女词人的豪放胸襟。

芭蕉树还应记得，跪在岳飞墓前任人唾骂的那个王氏，就是女词人的嫡亲表妹；秦桧的养子又是女词人的嫡亲表侄。当时秦氏因"议和"、投降和杀害岳飞有功，高宗赐他一处豪华宅第，百官奉旨庆贺。秦氏为向高宗邀宠，派其兄来到芭蕉院，求女词人捉刀撰一篇"端午帖子"，被女词人拒之门外！表妹曾派来华丽马车，接女词人进宫欢度元宵佳节。"来相召，香车宝马，谢他酒朋诗侣"，女词人对这位红得发紫的一品诰命的邀请不屑一顾，因为此刻她正坐在芭蕉树下构思一首新词。

她看到临安城里灯红酒绿，歌舞升平，"暖风熏得游人醉，直把杭州当汴州"，南宋的君臣早已忘了国恨家仇。而有家难归的北人（逃到江南的难民），却日夜都在思念自己的故乡。女词人为自己，也为他们填写了这首《添字采桑子》：

　　窗前谁种芭蕉树？阴满中庭。阴满中庭，叶叶心心，舒卷有余情。
　　伤心枕上三更雨，点滴霖霪。点滴霖霪，愁损北人，不惯起来听。

填完了词，女词人的晶莹泪珠便悄然滴在芭蕉树下了。

四

我沿着苏堤默默地走着，想着，女词人在那座芭蕉院里到底住了多少年？不同版本的书籍有不同的记载，共有 20 年、24 年、29 年、32 年四种说法，我应当相信哪一种呢？

在东浦桥头，见一位老者正在堤上作画，我便向他请教，也顺便向他打听芭蕉院到底在什么地方？他没有正面回答，只是笑着说道，只要知道杭州曾经有座芭蕉院，女词人李清照曾经在芭蕉院里住过，这就足够了。

我听了，心有所悟。是啊，就让女词人在芭蕉院里安安静静地住下去吧，何必非要寻寻觅觅地找到不可呢？

包公墓中的缺失

我无论如何都不曾想到,包公墓中的包公,竟然是"身首异处"!

一进合肥的包公墓园。就感到有一种肃穆之气迎面而来。墓园中古木森森,十分静谧。

友人对这里十分熟悉,他领着我沿着墓道,走进了包公墓室下面的地宫,墓道的正中,端放着一方巨石,友人说,这就是从包公的原葬墓中挖出来的《包拯墓志》——这是一件稀世珍宝,当年曾经惊动中外。

墓志的作者吴奎。与包公同朝,同为枢密副使,又是同榜进士,二人既是同僚又是挚友。他在墓志中揭示了包公的勇气、胆识和人格。包公曾指名道姓地弹劾过61名当朝的官员,其中既有荒淫奢侈的贪官和以权害民的恶官,也有无心上进的庸官和才不胜识的昏官。张尧佐因是仁宗皇帝的岳丈,就被连续提拔,由一名普通的推官一直擢升到权重一时的三司使,是朝廷中最高财政长官,掌管着全国的钱粮出纳。他不谙国情民意,狂征暴敛,民愤极大。包公曾弹劾他6次!由于包公的情绪激动,唾沫竟溅到了仁宗皇帝的脸上,满朝文武都大惊失色,为包公捏着一把汗。包公依然慷慨陈词,甚至指责仁宗皇帝有"私昵后宫之过"。这是一种何等的胆量和正气!就是凭着这种胆量和正气,将那些气焰嚣张的皇亲国戚和贪官污吏们,有的罢了官,有的送上了断头台。

这就是包公。这就是数百年来一直活在百姓心中的包青天。

然而，这位包青天在长眠了900多年之后，却要被迫迁葬。当他的遗骨送往故里时，又遭到"不准入土"的厄运。

包公于1062年病殁于开封。次年归葬合肥的黄泥坎。当姚文元抛出了那篇《评新编历史剧〈海瑞罢官〉》不久，包公受海瑞的牵连遭到批判，继而包河旁边的包公祠被"横扫"一空，其雕像被砸，世代保存的包公画像和《包公宗谱》被焚。紧接着包公墓的坟头被扒开了，地宫的石条被破坏。墓室中积满了雨水。

不久，一家钢厂要建石灰窑，厂址就选在包公墓处，包公的遗骨须迁葬他处。迁葬时，不但挖出了这方墓志铭，还找到他的长子、次子夫妇有及长孙的墓志。包公的后裔们只好将包公和其子孙们的遗骨迁到包公的家乡大包村龙山。谁知当地的一位干部说，包公是宋朝的保皇派，谁敢将包公埋在这里，就打谁的反革命！万人敬仰的一代清官，此时竟落了个死无葬身之地的下场！这是一种难以表述的悲哀。

为了不使祖先的遗骨再遭变故。一位包氏族人在自己的房外临时搭了一间透风漏雨的茅屋，冒着风险将遗骨藏在了里边。

后来，那位包氏族人怕祖先的遗骨有什么闪失，便在一个冬夜，将包公和他子孙们的遗骨偷偷葬在了龙山。当派人去找他时，他已谢世三年了。至于包公遗骨葬在了龙山何处？有无记号？没人知道。

新建的包公墓怎能没有墓主的遗骨呢？也许是上苍有眼，在一位当年参加发掘包公墓人士的卧室里。还存放着包公35块遗骨。原来，当年他将这些遗骨寄往北京鉴定，鉴定完了之后，他将遗骨锁在了一只箱子中，一直没有动过。如今，放置在墓中金丝楠木棺里的包公遗骨，仅仅是包公的35块头骨和肱骨。

我的心里有了一种难以排解的遗憾，同理也为包公抱不平。生前令贪官污吏胆战心惊、为黎明百姓平冤昭雪的包青天，他的遗骨却是"身首异处"！

走出地宫之后，友人说，当年的一家报纸上曾发表过一篇题为《包公遗骨偷葬记》的文章，引起了人们的注意：一则新华社电讯稿《包公遗骨发现记》成为了轰动中外的爆炸性新闻：最近又出版了一本《包公遗骨记》，对此记述得十分详尽。包公墓竣工剪彩时，墓园内外人山人海，除了当地的各界人士，许多港澳台人士和海外华侨也风尘仆仆地赶来，包公的 29 代世孙、世界船王包玉刚也乘专机来了。那场面委实让人感动，这也佐证了清官在人们心中的位置。

我站在包公墓前的石阶上。目光越过包河。望见了黛色的远山，心里豁然开朗起来。"青山有幸埋忠骨"，这里的青山有幸，因为它接纳了这位清官！

包公亦有幸，他与青山共存，天长地久！

李白与晁衡

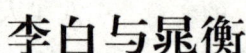

李白与晁衡，是生死相交的诗友。

在唐代，京城长安是世界上最大也是最繁华的城市，人口超过一百万，还有十余万外国人，晁衡就是其中的一位。

为了学习中国的先进文化，日本在汉代就向中国派出使节，汉光武帝刘秀曾向日本国国王赠送过金印。在隋代，日本先后四次派出遣唐使；到了唐代，日本仿效大唐，进行大化改革，曾十余次派出遣唐使，最多的一次竟有六百人之多。他们学习中国的政治、经济、文学、儒学、佛学、医学、书法、音乐、历法、天文和建筑等。日本的京都，就是仿效了长安的朱雀大街和东市、西市的布局格式。在文字上，从中国回国当了首相的学问僧吉备真备和留学中国的学问僧空海，参照大唐的汉字草书和楷书偏旁，分别制作了平假名和片假名，合为日本文字，一直使用至今。

晁衡原名叫阿倍仲麻吕，19岁时来到中国，在太学学习了九年。参加科考考中进士，授官"太子宫左春坊经局校书"，属正九品下阶，唐玄宗赐名晁衡。历任门下省左补阙、卫尉少卿、秘书监兼卫尉卿。他常与李白、王维、贺知真、包佶等人唱和。李白十分欣赏他的《望乡诗》：

翘首望东天，神驰奈良边。

三笠山顶上，想又皎月圆。

有一天，李白要回安陆探亲，正值大雪，晁衡便脱下自己的一件丝棉小袄，披在李白身上，让他路上御寒，李白十分感动。

天宝十一年（752 年），经唐玄宗恩准，晁衡要随第十一次日本遣唐使归国。王维写了一首《送秘书晁监还日本国》，包佶写了一首《送日本国聘贺使晁巨卿东归》。晁衡也作了一首《衔命还国作》：

衔命将辞国，非才忝侍臣。
天中恋明主，海外忆慈亲。
伏奏违金阙，骈骖去玉津。
蓬莱乡路远，若木故园林。
西望怀恩日，东归感义辰。
平生一宝剑，留赠结交人。

李白对他说，我就不写诗送你了，等你再回来时，我们共饮三百杯！

谁知，晁衡乘船渡海途中，突遭大风，巨浪滔天，桅折船破，船上人员全部遇难。

李白得到消息后，极为悲痛，他挥泪写了一首《哭晁卿衡》。

后来，他又听到了一个消息：晁衡没死！他落海后，抱住了一块船板，在海里漂流了数日之后，被渔民救上了岸。渔民得知他是朝廷三品命官时，立即报告了官府，官府逐级上报。唐玄宗得知后下诏：即刻派员护送回京！

晁衡返京，要路经扬州。李白连忙赶到扬州驿站，见到了死而复生的诗友。故人相逢，不可无酒。二人边饮边谈及各自别后

的经历。晁衡笑着问道:"听人说,太白兄曾为我写过一首诗,可是真的?"

李白点了点头,说他还到渭水边上洒酒祭奠过晁衡呢!接着他吟哦起来:

　　日本晁卿辞帝都,征帆一片绕蓬壶。
　　明月不归沉碧海,白云愁色满苍梧。

晁衡听了,泪花迷眼。

晁衡到了长安以后,再也没离开中国。他还任过大唐的"左散骑常侍兼安南都护",也就是兼职的越南地区最高官员。

这首诗和二人的真挚情谊,已成为千古佳话。

琅琊读史

一

久闻琅琊台之名,却一直无缘亲睹其形态神韵,这已成了我心中的一种遗憾。

金秋的一个午后,终于有了一个登临琅琊台的机会。

琅琊台在胶南市的夏河镇(现青岛市黄岛区琅琊镇),在公元前的1000多年前,姜尚受封于齐国,曾作八神,其四时主祠就设在琅琊山上;秦始皇统一中国后将全国划分为36郡,琅琊是其一郡。他曾五次巡视天下,其中三次登临琅琊,可见琅琊台确实非同一般。

一进琅琊台的大门,就分明觉得这里不同于当今那些时尚的旅游景点,显得有些冷寂。琅琊台已被国务院列为第一批国家重点风景名胜区,按理说,这里应是车辆塞道,游人如织,但我看到的却是车稀人少,门可罗雀。偌大的停车场只有三辆汽车,而旁边却静静地停着一排送客上山的观光车。因琅琊山只有180多米高,很多人选择步行上山,一可省下25元的车费,二可观赏沿途的风光。前不久,我去了青岛国际啤酒节,那里的火爆气氛令人咂舌,德、俄、美、法、丹麦、意大利等国的啤酒大篷里,狂欢的人群和啤酒的泡沫让人窒息,巴西、韩国等国的小贩们一

边随着音乐跳着、扭着,一边扇着烧烤羊肉和鱿鱼的青烟。饮酒大赛的高潮迭起,豪饮冠军不但可获殊荣,还有丰厚奖励,甚至可获得一辆漂亮的轿车!这是琅琊台望尘莫及的!

当今,随着旅游业的发展,一些新开发的景点纷纷亮相,还有一些移建、仿建和伪建的古建筑也粉墨登场,向人们频频抛着媚眼,而它们又往往舍得花银子大兴土木,更舍得花力气进行炒作。而那些正宗的有历史价值和文化底蕴的古迹景点,就像过时的娱乐圈里的明星,正品尝着失宠的冷落滋味,如同这座琅琊台。我心里假设,若在琅琊台附近仿建一座富丽堂皇的阿房宫,再配以七星级的服务,其吸引力一定能超过秦始皇的兵马俑!

我沿着山径缓缓走着、看着,发现山上既无森森古树,也少奇峰怪石,茅草中杂生着一些野菊花,如无数铜钱散落在山径两旁,在秋风中摇曳着。我想,天下有数不清的高山峻岭,秦始皇为何独独看中了黄海之滨的这座荒凉小山呢?我脚下的这条石径,当年秦始皇是否也在上面走过?他当时又是一种怎样的心态和神情?在他骄横得意的同时,心中是否还有一种无奈和恐惧?

我从现实的喧嚣中渐渐走近了秦始皇。

二

一到琅琊山的山顶,见一群石像立于一平台之上,他们神情肃然,形态各异,似是在议论什么。走近一看,才知道是李斯、赵高、胡亥、徐福及侍卫和宫人们。在他们中间,是头戴冕旒身佩长剑的那位千古一帝。原来他们正在聆听始皇帝的"圣谕"。秦始皇"横扫六合",统一了中国,建立了集权制的封建国家,又抑制割据,划一法律,统一货币、文字和度量衡,顺应了历史的发展,贡献伟大,但他实行严刑峻法,残酷盘剥百姓,"力役三十倍于古,田租口赋、盐铁之利,二十倍于古",还发明了

"焚书坑儒"，令人发指。他的功过是非已被人评说了两千余年，我想，这种评说还会继续下去的。

秦始皇三登琅琊台的原因，其一是在台上刻石，向天下炫耀其功德，以镇服四海。《史书》上载，秦始皇"登琅琊，大乐之，留三月。乃徙黔首三万户琅琊台下，复十二岁。作琅琊台，立石刻，颂秦德，明得意"。耸立在琅琊台旁边的一方已断为三截的石碑，就是传说中的琅琊刻石，其字由丞相李斯以小篆所撰，共447字。因年代久远，风蚀雨浸，石上的龙蛇已经难以辨认了。

苏轼当年任密州知州时，曾亲眼见过这方刻石，他在《书琅琊篆后》中写道："夫秦虽无道，然所立有绝人者。其文字之工，世亦莫及，皆不可废。后有君子，得以览观焉。"康有为在《广艺舟双楫》中说："琅琊秦书，茂密苍深，当为极则。"杨守敬认为"琅琊刻石古厚之气自在，信为无上神品"。

其实，这是一方复制的琅琊刻石，其原件现收藏于中国历史博物馆。

秦始皇三登琅琊台的另一个原因是，他要在这里召见方士徐福，并派遣他出海东渡，去采摘长生不老之药。自得了天下之后，他仍不满足，妄想长生不老，帝位永续。古籍上说，他在出巡途中遇到"千岁翁"安期生，安期生告诉他说，东海有仙山，仙人种有长生不老之药。他曾多次派人出海求药，均空手而返。于是又派徐福东渡。徐福率领童男童女各2000人，驾150艘三篷十橹的远洋舰船，带上百业工匠和五谷种子、药草等，从琅琊台下的海港出发，浩浩荡荡地驶往了东海。在此之前，他曾多次奉命出海采药未果，回来后谎说东海有大鲛阻挡，难以到达仙山。这次出海，他怕被追究罪责，便一去不复返了。他经高丽，过琉球，历时一年五个月，最后到达了一个叫"平原广泽"的地方，《后汉书·东夷传》中称"平原广泽"为夷州，也就是日本。日人的《异称日本传》认为，"夷州、澶州皆知日本海岛"。徐福在日本定居下来之后，便在那里繁衍生息，和当地人和睦相处，并向他们传播先进的耕种、纺织技术和华夏文化。日本的和歌山县有徐福墓祠。日本还在1930年举办过"徐福来朝二千年祭"，以纪念徐福东渡。

徐福出海未归，秦始皇第三次又登上了琅琊台。他翘首东望，只见水天苍苍，却不见采药归来的帆影。他悻悻地走下琅琊台，驾崩于返回长安的途中！

自秦始皇之后，汉武帝等九位帝王又先后登过琅琊台，他们谁不想长生不老？但都像这琅琊台旁的蒿草一样，经秋风一吹，便根枯叶衰了。

我立在琅琊台上，鸟瞰四周，四周群山起伏。记得在来琅琊台的路上，见路两旁多是果树，有的枝头还挂着晚熟的苹果，间或有一些花生地，刨出的花生堆在路边。村庄不多，人口也不稠密。当年秦始皇曾向琅琊迁民三万户，每户按四人计算，就是12万人。想想看，12万人在琅琊台服役，当时的琅琊台该是一种什么景象？还有，这12万人是从哪里迁来的？筑成琅琊台之后是就地安置了，还是遣返原籍？可惜史书上没有片言只语的记载。我又想起孙权，为了与魏、蜀争夺天下，他在湖北修建武昌城为东吴都城，并在城郊拜天称帝。又从建业迁民千户到武昌，留下了"宁饮建业水，不食武昌鱼"的民谣。他的这一举措和秦始皇比起来，就算不上是大手笔了。

三

其实，把琅琊台记在秦始皇的名下，确实是一种历史的误会，套句现在房地产行业的术语，秦始皇的琅琊台属于"二手台"，最早的台主应是越国的勾践。

在琅琊台东侧的一座小山包上，有一座望海亭，亭中立着一尊勾践的铜像。据《吴越春秋》载："越王勾践二十五年（前474年）徙都琅琊，立观台，以观东海，遂号令秦、晋、楚、齐等国以尊周室。"原来他打败吴王夫差后，为称霸中原，亲率数百舰船，竟将越国的都城从会稽迁到了琅琊！并在三面环海的琅琊山上筑起高台，名曰琅琊台。

不过，我对勾践迁都琅琊也有疑问。他为何要将都城从丰饶的江南迁到兔子不拉屎的黄海之隅？这里人口稀少，土地贫薄，如何承担都城及兵员、粮食等庞大需要？他到琅琊比秦始皇早了265年，而且还在这里延续五位国君，而秦始皇却只传了一世！这是历史的真实。

人们为什么一提及琅琊台就会想起秦始皇，而把最早在这里建琅琊台的勾践晾到一边呢？是不是因为千古一帝的名气大影响也大？

我又想起了与秦始皇有关的两件事，一是人们往往认为是秦始皇修建了万里长城，却不知齐国修的从平阴到胶南的齐长城，要比秦长城早300余年！齐长城的一些遗址至今犹存。二是那位哭倒长城的孟姜女，其实并非秦代人，而是早于秦代300多年的齐国人，她的丈夫也不是修长城累死的，而是在攻打莱国的战争中战死的。哭倒长城的故事，其实是人们对"春秋无义战"的鞭笞和控诉。由此看来，原本真实、公正的历史，有时也会掺杂着虚构和偏激。这也是历史的真实。

四

据说琅琊台上还有一些至今尚未解开的谜团，其一，在重修御路时，在第三平台处发现了一座以石块砌起的古建筑，形似金字塔。它的底部到底有多宽多深？是作何之用的？里边装着什么？其二，在琅琊台附近，还发现了多处古陶管，有人说是传声管，有的说是输水管，还有的说是通风管。这些陶管到底通往了何处？有多深多长？其三，在海边上有一高约 4 米、面积 2000 多平方米的夯土层古台遗址，这又是谁人建筑、作何用处的？因未挖掘，至今不得而知。

我站在夯土古台跟前，久久仔细端详着古台的横断面，又以手轻轻触摸着古台的褐黄色泥土和夹杂在其中的细碎陶片。夕阳映照着古台，将我的影子印在了古台上。高大的古台在我眼前渐渐幻化成了一部巨大的古籍，厚厚的夯土层成了一页页古籍的册页，上面密密麻麻地写满了遥远的信息。

据说，在琅琊台附近还出土了不少秦砖汉瓦，其中印有"千秋万代"的瓦当，已被定为了国家一级文物！

历代帝王的长生不老之梦，早已化为了尘土，随风而散了，而那些出自窑工们粗糙之手的瓦当，却被千秋万代的流传下来了，这就是历史！

秋阳渐渐西沉，该下山了。我看到有几位游客正对着琅琊台上不停地按着快门，闪光灯不断的闪在秦代君臣们的脸上。而就在咫尺之遥，却有两台巨大的雷达天线，天线旁边竖着一块警示牌：军事禁地，严禁拍照！

此时，我心中忽有所悟，原来远古和今天，石像与雷达，它们之间的距离其实很近，近的触手可及！

这也是历史。

鉴 湖 情 思

鉴湖里荡漾着许多动人的传说。这是鲁迅小学的孩子们告诉我的。

鉴湖里沉淀着许多悲壮的故事。这是汗青上的斑斑文字告诉我的。

于是,我便匆匆去了鉴湖,在湖之畔徘徊、寻觅、思索。

不仅仅是为了去猎奇传说和印证历史。

我先是通过一位巾帼英烈知道鉴湖的。她自号为鉴湖女侠。

我又是从一位文坛巨匠的作品中知道鉴湖的。他的那篇小说《药》,就是为纪念这位女侠而作的。

我还从一代英杰周恩来的一首诗中知道鉴湖的。他在诗中赞扬了这位中华女儿。

一

鉴湖在绍兴西南。湖高田丈余。旱引湖水灌田,涝泄田水入海。她风光绮丽,堤桥纵横,舟棹争流。远有层峦叠翠相衬,近有万顷碧波似玉,怪不得书圣王羲之有"山阴道上行,如在镜中游"的感慨呢。

天下闻名的美酒"女儿红"就是用鉴湖水酿造而成的。

在湖滨的一家小酒店中,我要了一碟茴香豆,一瓶绍兴酒,一边小酌，一边听邻桌闲聊，便听到了一个悲壮的故事——

鉴湖是马臻造出来的。

在公元140年，马臻是东汉时的太守。他看到越东一带水害无穷，民不聊生，便横下一条心，三年不交皇粮，用以治水。他和民众一道，苦干六年，终于建成了鉴湖，可灌田九千顷。百姓大得其利。然豪绅因沿湖庐墓田地受损，则冒名诬告他。马臻蒙冤，被"五马分尸"。事后复查，状纸上写的，都是死人姓名！

民心即历史。每年的农历三月十三日，也就是马臻蒙难的祭日，往往天有细雨，是上苍为马臻落泪？此时节，乡民便在湖上划龙舟、"迎会"，以纪念这位先贤。

临窗远眺，在湖水光影中，马太守庙像一位历经沧桑的老者，正在鉴湖东畔缓步而行。

二

鉴湖又是一面铜镜。

在去秋瑾故居的途中，友人送我一册小书，信手一翻，有两个传说，都是两个小女孩写的。

五年级学生朱菁，向我讲了第一个动人的传说——

有父女二人，在湖上打鱼。渔网拉上了一面大铜镜，镜面上有七色光华。老渔翁一照，变的强壮了；女儿一照，变的俊秀了；向湖中一照，能看到湖中的鱼群。自此，湖上的渔家，再也不用发愁了。谁知，此事被一贪官知道了，便以"私藏国宝"的罪名威胁这父女二人，并抢去了铜镜。结果，官船沉了，铜镜落于湖中，于是，就成了今天的鉴湖。

王艳向我讲了第二个传说——

有个叫玉姑的女孩儿，住在湖边，心灵手巧，善于绣花。绣出的鸟儿会跳舞。此事被王母娘娘知道了，便把她抢到了天庭，逼着她给自己绣五彩绸缎。玉姑思念家乡,总是哭哭啼啼,不肯绣花。王母娘娘一怒之下,便派海龙王将她家乡的湖水喝干了,并不准降雨,以断玉姑的思乡之情。

玉姑听说,在御花园中有棵兰草,兰草下面有一面宝镜。若把宝镜投入人间,便会变成一个美丽的湖,家乡的庄稼就能灌溉了,但此举会使自己终身受苦。玉姑心甘情愿。于是,她找到了那棵兰草,挖出了铜镜,奋力投向了人间。宝镜落地,就成了鉴湖,而玉姑便被永远打入了天牢……

三

蓦然,这些动人的传说,被耸立在闹市区的一座正方形的纪念碑隔断了。

又是一个悲壮的故事——

绍兴市解放北路轩亭口,是秋瑾女士当年就义处。

此碑建于1930年,碑高7米,碑座两层,下层3米,四周设栏杆。碑身正面镌着"秋瑾烈士纪念碑"七个鎏金大字,系张静江所书。下嵌蔡元培撰、于右任书的"秋先烈纪念碑记",记述了建碑经过。文云:轩亭口人烟稠密,往来肩摩。睹纪念碑之矗立,尤足于感动群情,廉顽立懦。盖必有后人继起建设,而先烈之勇往牺牲始不虚然。

我在碑旁站立良久。

大街上,车辆如水,行人如潮。车过鸣笛,人至注目,似在向这位女侠致意。

转身望去,府山上有一座亭子。此亭古朴而又刚劲。呈八角攒尖顶,上方悬田桓手书"风雨亭"匾,两边石柱上刻孙中山先生所撰挽联:

江户矢丹忱，感君首赞同盟会

轩亭洒碧血，愧我今招侠女魂

四

好一位女侠！她是巾帼的骄傲，亦是中华民族的骄傲！

她生于1875年，号竞雄。少学经史、诗词，能骑马击剑。1903年随夫去北京，目睹清廷腐败，国权沦丧，民族危机日益深重，遂滋长救国救民志向。1904年，毅然抛儿弃女，只身赴日本留学，积极参加留日学生革命活动；参与创办《白话报》，鼓吹推翻清王朝，提倡男女平等。回国后会见蔡元培，并加入光复会。次年又去日本，经黄兴介绍，会晤孙中山，不久加入同盟会，被推为评议员和同盟会浙江主盟人。

1906年，她在上海创办《中国女报》，积极宣传革命，倡导妇女解放。1907年回绍兴主持大通学堂，组织光复军，并与徐锡麟约期在浙、皖同时起义。同年七月，徐锡麟在安庆刺杀巡抚恩铭后，起义失败。案及大通学堂，加之叛徒告密，官府派兵包围大通学堂。她率少数师生持枪抵抗，不幸被捕。

秋瑾被捕后，清政府派员对她进行严酷审讯，但她坚贞不屈。后又派县令李守岳去诱降。秋瑾不但是一位资产阶级女革命家，而且又是一位才气横溢的女诗人。她接过笔来，挥笔写下了"秋风秋雨愁煞人"的诗句，表达了爱国爱民和壮志未酬的心境。敌人知道无法改变她的志向，便在第三天凌晨，在十字街道——轩亭口，将她杀害了。

"风雨亭"，是她生前好友根据她的意愿，以及她就义前的诗句，集资在山上建起来的，以纪念这位烈士。

五

有不少的文艺作品描写过秋瑾,再现了这位女侠的光辉形象。去年,曾在大街上看见了一巨幅海报《鉴湖女侠》,可惜,因为穷忙而未能看到这部电影。最近,却从鲁迅作品中,看到了一些对这位女中豪杰的细节描绘——

1904 年,鲁迅先生在日本留学时,由于陶承宗的关系,认识了秋瑾。

秋瑾留给鲁迅印象最深的一次,是她的女侠气概。

1905 年,清政府和日本当局串通,由文部省颁布了清国留学生取缔规则,条款中带有人身侮辱。留学生大哗。当时留学生中有两种意见,一种主张留在海外读书,一种主张全体罢课回国。秋瑾是支持后一种的。在讨论会上,她担任主席。当有人对回国的动机表示怀疑时,她一面发言,一面从靴筒中抽出一把倭刀,猛地插在讲台上,环视左右,大声说道:

"回国参加革命,谁敢降虏投敌,卖友求荣,吃我一刀!"

大家知道她的为人。她说得出,做得到,其大义凛然的言行。令留学生们感动。

我从秋瑾想到了赵一曼,想到了刘胡兰,想到了为缔造和建设新中国的许多女中豪杰。在她们身上,能够看到,我们中华民族不畏强暴、追求真理、热爱生活的遗传基因。

六

我终于找到了和畅堂 18 号。

这是秋瑾的故居,与鲁迅故居及周恩来的故居,均相隔不远。

故居坐北朝南，一共五进。第一进是门厅，门楣悬何香凝手书的"秋瑾故居"匾额，西次间是外地革命党人的落脚处；第二进为秋瑾生前使用，有会客厅、客堂、餐室、卧室。会客室是她与同志密商革命大计的地方；卧室后壁夹墙内有一小室，是她密藏文件和武器的地方；第三进为其兄住处；第四进为其母住处；第五进为厨房。

虽然前来参观的人很多，但却极肃静。似乎互有默契：不要惊扰了这位女侠的忠魂。

这位女侠，就是从这里走出去的，走到了鉴湖，走到了东瀛，走上了历史舞台，走进了风雨硝烟，也走进了一座巍巍丰碑。

我又想起了鉴湖。

鉴，即镜子。鉴湖确是一面巨大的明镜，她照天上的日月星辰，也照人世的善恶忠奸。

马臻为造鉴湖而蒙难，后人不忘其功德。

秋瑾为真理而蒙难，史载其业绩不泯。

鉴湖是一个传说，一个还在继续发展其情节的传说。

鉴湖是一册史书，一册尚在继续书写的史书。

鉴湖可鉴。